新装版

花いちもんめ

石牟礼道子
Ishimure Michiko

弦書房

装丁・装画＝毛利一枝
本文写真＝森田具海

［新装版］花いちもんめ◉目次

Ⅰ

Ⅱ

V

VI

I

大廻りの塘（＝うまわりのとも、水俣市塩浜町）

渚

小学校二年に上がったばかりの頃だった。ひと目で、川の続きは海だとわかる川口の村に転居した。

家の前は渚で、潮の干いてゆく濡れた砂の上に、きれいな紅色のさくら貝や象牙の形をしたツノ貝や、瑪瑙《めのう》色に光る玉貝やらが出て来る。わたしはたちまち浜辺の虜《とりこ》になった。

それまで居た町の家が借金のカタに差し押さえられて、両親には、没落の実感がひしひしあったろうけれども、小学二年生には、偉大なる環境との出逢いであった。

夏になると浜辺は月見草の大群落になった。吹く風さえも光をおびて、夕べいっせいに花ひらく中にいると、えもいえぬ夢見心地になる。

沖には、〝潟掘り船〟が座っていて川口を渫《さら》えていた。それが水銀堆積の前兆であったと知るのは後のことである。

学校も替わらねばならなかったが、受け持ちの先生の申しつけで学年の終わりまで、この水俣川を渡し舟に乗って通った。

前にいた栄町通りでは、先隣に妓楼があって、天草の島々から売られてくる娘たちにたいそう可愛がられたこともあって、おさな心に、人生の哀路を覗いたような気持がしていたけれども、海の向こうにその天草が見える浜辺に立つと、天と海との風光にまぶされて、はるかなはるかな無意識界から来た子のように、茫々とその浜辺を行ったり来たりしてすごした。

村には気のいい友達がいた。すぐに三人ばかりと仲良くなった。町の暮らしと瞠目するほどちがったのは、浜辺の人びとが魚とりや貝採りの名人であったことだ。学校の成績など誰も話題にせず、子供でも貝や津蟹や鰻を上手に採った。

ガン爪という道具で、ただざくざく掘るのはアサリの採り方だが、マテ貝や、ウノ貝採りには、塩と太い杖と、鍬を持ってゆくのである。

潮の干いた潟の上に立って、すとん、すとんと強く太杖を突き立てる。すると杖を下したまわりのどこかに、長さ一センチ前後の楕円形の穴があく。それをここらの人たちは「イキリ」と言った。貝が下にいて潟面に呼吸器を出す口だが、子供でもじつに上手にそれを見つけて、塩をひとつまみ入れる。イキリのそばに指を持ってゆき、待っていると、マテ貝がひょいと出てくるのをすかさず、すうっと採るのである。いつまでも出て来ないとそれは、ウノ貝である。

ひと呼吸おくれるとマテ貝は引っこんで出て来ない。そうなったら鍬で掘る。二、三十センチは掘った。

近所に小学校五年生で貝採り名人の女の子がいた。さっそく弟子入りして右のことを覚えた。後ろからついてゆくと、マテ貝のみならず、アカニシ、タカラ貝、玉貝など、彼女の籠はみるみる一杯になる。わたしはただただ畏敬してついてゆくが、自分の籠の中が一杯になったことはなかった。

あの頃のおどろきは今に至るも新鮮である。

海辺の民のそういう気分を知るのは、無上の贅沢だった。幼い師匠は敗戦後に外地で亡くなった。ハルエさんという名で、親御さんは薩摩言葉を使う人だった。その親御さんもあの世の人となり、昔を語る機会はなかった。

さくら貝たちのように

どちらかというと、ひきこもり好きの私だが、時として「宿かり」が殻を抜け出すように、外界からの刺激に反応して、首くらいは出してしまうことがある。

臆病者だから、危険を感じるともちろんすぐに、ひっこんでしまう。蓋をしっかりしめているつもりなのは、宿かりというより巻貝の性《さが》かもしれない。

人間界に住んでいて、いつからそういう性になったのか、赤児時代の記憶もあるけれど、危険への予感というものは人間にならない前の、海の中だが、陸に揚がってしまわない前の、カニやエビや巻貝だった時代に充分育てられていたとおもう。

というのも幼児の頃からわたしは、海辺で育ったので、浜辺の生き物たちに遊んでもらっていたといってもいいくらいだ。思い出しても胸がさわぐが、それは豊かな世界で、その遺産を抱いていればこそ、今も文学などにいそしんでおれるとおもう。

浜辺は生き物たちのあふれ返っているところだった。小学校からの帰途は水俣川の土手で、川口に向かって下るのだが、潮の干満は川の水面を見ればわかるのである。潮が引き初めていればもう胸がとどろいて家に帰る気がしない。

草むらの中に鞄を投げこみ、浜辺へと走った。干潟の上では、貝たちやカニたちの呼吸や動きまわる気配が満ちあふれ、生命世界が全開したような大いなる太古を想わせた。小学二年生で、町から浜辺の村へ「家《や》うつり」したのだが、そのような世界が待っていようとは思いもよらず、熱中して過ごした。

魚介類の図鑑を今とり出して眺めても、鯨やマンボウのほかは、ほぼすべていたのではないか。もっとも近年マンボウがやってきて、漁師さんたちが大騒ぎしたというが。

渚には無数の美しい貝類が散らばっていた。ツノ貝、さくら貝、ホラ貝、月日貝、これは大人の掌くらいの二枚貝で表側は紅色、裏側は黄色で、拾って帰れば嬉しいままごとのお皿になった。

　アサリにハマグリ、アカニシ。バカ貝というのはあまりに沢山いるので数に入れないでだれも拾わない。少し掘ればごとりと手応えがして身がつまったハマグリがぞっくりとれた。春の節句浜《せっくばま》にはどの貝も太って、山の村々では、伝統的な行事として「磯ゆき」が続いていたものだが、水銀中毒が出てから途絶えている。

　子ども心に驚いた景色だが、百メートルくらい離れた潟になにげなく立って眺めると、わたしの影におどろいて田うちガニたちがいっせいに穴にもぐり、巻貝たちは蓋を閉じて岩から転がり落ち、岩の窪みに潮だまりに着いているイソギンチャクは、例の花の形をぎゅっと閉じてしまうのである。

　けして大げさでなく、渚全体のみしみしという音が変わって、賑わっていた浜が息をひそめてゆく。合図しあっている貝や小さなタコやカニたち。雑然としているようで、満潮やお月様が睡りをもたらしてくださる。

　そのこともわからなくなった日本列島の渚の行末を想う。折しも今日、イラク攻撃開始の日。私たちにあのうす紅色のさくら貝や、カニたちくらいの予感能力はあるとおもうのだが。

泉の神様

わたしの家のぐるりには昔、田んぼの間を小川がめぐっていた。大人の足で三、四歩ぐらいの幅であったろうか。石の橋が三本並んだところは、村の女子衆《おなごし》の洗濯場であった。石の上に洗濯物をのせて、川に入って洗うのである。川端会議が田の面いっぱいにひびき渡ってにぎわっていた。

洗い場の前後にはシジミやタニシの類がたくさんいた。岸辺には川草が水面に向かって生い茂り、それをかきあげて覗くと、手長エビが草の葉につかまっていたりして、どきどきしたものである。

エビは動きが素早いので、手ではとても捕れない。小学生の男の子たちは直系十五センチぐらいの丸い網を持っていて、エビがつかまっている草の後ろへ回って、お尻の方から網を差し向ける。驚いたエビが網の中にお尻から飛び込むというぐあいで、捕り逃す子はよほど不器用と思われた。

女の子はどういうものかエビを捕らなかったが、わたしはエビ捕りに大層あこがれて、一朝、弟の網を持ち出して出かけた。男の子たちの話をそれとなく聞いていると、お陽様が出るまでは、エビは草の葉につかまって眠っているという。そこを狙ってお尻の方から網を差し出せばよろしい。

抜き足差し足、水の中を近づいた。朝の小川のひんやりとした川波がひたひたとふくらはぎをうつので、常になく胸に動悸が打った。自分の影が川波に映らないよう息をひそめ、目指すところに網を差し出した。必発必中であった。網の中に踊り込んだ手長エビをバケツに入れた。

五匹ほど捕れた。つくづく見れば、手というかはさみというか、細く伸びて、エビ自身の体の二倍近くはあったろうか。村の子どもたちの川遊びの中で手長エビを捕ったといえば、鼻が高いのである。「ダクマ」とよんでいたが、家中でさざめいて、さっそく弟とわたしの弁当のおかずになった。これがまた、ゆでると真っ赤々になって、お弁当箱の中は、時ならぬ祭りのようだった。

小川の原形は今もあるのだけれども、情けないドブの三面コンクリートである。

シジミやタニシにいたっては、小学校にも行かないぐらいの幼児たちが、遊びの指先で採って帰って泥を吐かせると、豪華な、粒の大きいシジミ汁になった。

村のおかみさんたちは石橋の洗濯場でにぎわっているし、子どもたちはその前後で貝を採ったり、エビを捕ったり、ドジョウもウナギも無限というくらいに生息していて、家々の食料の助けにもなった。風土全体が、根源的なこの世の賑わいに満ちていたといってもよかろうか。

洗濯場から五百メートルも行けば、小川の始まるところだった。山付きの根っこの方で、家が二軒あったけれど、子どもの足でも一またぎくらいの幅に小さな泉が湧いて、まろやかな泉の水が盛り上がりながら輪を作っていた。泉の神様のおられるところに違いないと思って、つつしんで眺めていたことだった。

日本中にあったにちがいないあの小川はどこに行ったろう。集落のもとの名は、千鳥洲《ちどりす》といった。今は白浜何丁目〇〇番地で何とも味気ない。

となり

宮崎の山奥の谷間の村かとおもうが、どの家も風呂などめったに湧かせなかった。

久しぶりに湧かした家では、赤い腰巻きを旗にして立て、谷向こうの家に知らせていたと、何かの書物で読んだことがある。声も届かない向こうにそうやって、風呂の案内をする、

風呂貰いにゆく橋は吊り橋のようなものだったろうか。風呂に入る至福を、谷間をはさんで分かち合ったとは切ない話である。

水と労力に不自由して谷から汲みあげていたとすれば、大へんだったろう。

竹の樋に湧き水を通して使っていたかもしれない。

わたしの家は幼時、町から川口の集落に転居した。千島洲という所で、いかにも千鳥が来て遊びそうな浜辺だった。もっとも古い住人、三喜やんは、向こう側の天草島からやって来たということだった。最初の家は貝や海草がびっしりついている岬にあった。樫が生い茂り、秋はキノコ、春は山菜がぞっくり生える。「勝崎ガ岬《はな》」という磯の上に、けもの達の小さな水のみ場があった。

三喜やんは泉のわきに、磯から玉石をひとつひとつ抱えあげ、草の斜面をひらいて石垣を築き、形ばかりの家をつくった。海辺の崖の上だが泉が湧いて、つきなかったのがよかったのだろう。前面にひろがる不知火海は、夕陽が沈む時、荘厳である。

兎がいる狸がいる、狐が出る猿が来る。山の神さまがいらっしゃる。潮の満ち干を眺めて舟を出し、魚を取り貝を採る。貝塚を築いた縄文人並の、一番おいしいものを食べていた。薪はじゅんたくにあるし、焼き畑をしていた形跡もある。たぶん粟をつくっていたろうか。野いちご、山いちご、山ぶどう、あけびなどなど、とり放題であったはずだ。

充分豊かに暮らしていたはずの三喜やんが、川口の千鳥洲に来て、打ち明け話をするようになった。

「どうもな、あんまり離れた山ん中の一軒家ちゅうは、心細うしてなぁ」

「あれまた、山ん中の一軒家ちゅうは、さぞ気楽じゃろうに。誰に気がねもいらんし」

「いんやそれがな、夜中になると、この頃は、ガゴの出る」

「ほう、やっぱりなあ。で、どういうガゴのな」

「夜中に後ろの竹藪のガサゴソして、いっとき、しーんとなる。それから小うまか、ふわふわ声のする」

「何ちゅうて」

「三喜嚙もうぉ、三喜嚙もうぉちゅうて」

剛の者のはずの三喜やんの言葉だから、聞いた者は驚いた。ガゴとはこのあたり一帯の妖怪だが、誰も姿を見たものはいない。逢ったら、嚙もうぉぞうといって、頭からがじがじ、かじるのだそうだ。そのふわふわ声に追われて、とうとうこの人は下の村に移ってきた。

「隣があるのは、じつに有り難い」

というのが口癖だったそうだ。

この村の最初の家の跡はまだ見分けられるが、ガゴの消息は久しく聞かない。

河童おとし

赤んぼというのは水が大好きである。

わたしの幼な友達もその子の世代も孫世代もそうで、渓谷の水辺などに連れてゆくと、それは喜んで、流れの中に入れでもしたら、なかなか上がろうとしない。

息子の這い這いがすばしこくなりはじめた頃から、わたしは盥《たらい》を二つ用意して洗濯をしていた。ほったらかしておくと縁から落ちるので、いつもおんぶして洗いものをするのであるが、息子はわたしの背中を梯子にして肩を抜け出し、水の音のする方に、しきりに手をさしのばす。仕事の邪魔になることかぎりない。

一計を案じてわたしは盥を一つふやし、水を張って、そばに息子を置いた。もちろん夏の間だけである。裸にされた赤んぼは、全身で歓喜しながら盥に這い寄り、中に入るやいなや、水をはねて大はしゃぎする。その姿を見ていると、ヒトは皆、もとは魚だったかと新しい発見をしたような思いになった。

自分の幼時を考えても無類の水好きだった。忘れもしないが、水俣川の上流の渓谷の初盆の家に、母に連れられて馬車で往ったことがある。馬車に酔った母が谷に降りて涼をとる間、わたしは浄らかな清流に誘われ、崖の上の姫百合に気をとられて晴れ着のアッパッパを濡らし、上がろうとしなかった。

気がついた村の女衆が「練れ柿」やら姫百合の花をさし出してわたしを水の中から釣りあげた。

もと、家で働いてくれていた女房たちであった。寄ってたかって拭いてくれながら、ひそひそ言い交わしたのは河童に憑《つ》かれたのでは、ということだった。

「こういう日暮れどき、水に漬かっておれば、尻の巣ば、河童に引っこ抜かれますぞい。こりゃ、やっぱ、憑いとる」
一人の爺さまが断を下してお祈りごとが始まった。
大きな数珠を頭の上にのせてくれて爺さまは口の中で唱える。

南無大師遍照金剛、南無大師遍照金剛、
こら河童、そなれはこういうこおまか
子ぉに憑くでない、憑くでない。

南無大師遍照金剛とは、お四国まいりをした祖父とその姉妹の婆さまたちが唱えていた文言だった。河童を退散させる呪文にも使うとは知らなかった。

わたしはよほどけげんな顔をしていたのだろう。「どうもまだ離れきらん」と爺さまは呟き、女衆たちを促した。

「こなたたちもお参りして加勢してたもれ」

南無大師遍照金剛の唱和が起き、わたしは泣き出した。

「それ退散したぞ」と爺さまは言った。

「こなた」とは「そなれ」とか「たもれ」という古雅な言葉が生きていた時代だった。こなたとはあなた、そなれは「汝ぞ」をひっくり返した語法であろうか。いずれも尊称のひびきがあった。

母は恐縮この上もない様子になり、本当に河童が憑いたと心配したらしい。

アッパッパとはワンピースのことだが、ふだん着は和服で、よそゆきには「アッパッパ」を着たのである。お祈りの間にそれはすぐに乾いた。

見えない河童と仲良しになったような気持ちになっていたが、それとさようならをしなければ、大人たちにすまないという気にもなっていたのは事実である。どういう表現でそれをやったのか、思い出せない。

渦

増水した川を見に行った。こごめ桜の小さな花びらが筋を作って流れてくるが、たちまち見えなくなる。

女の子の下駄が流れてくる。四、五歳くらいの女の子が履いていたのだろうか。昔、増水の時流れていた下駄は、履きなれていたことを思わせる台に、鼻緒がしおたれていて、胸がどきんとしたものだが、今のはどこかまだ新しい。家が浸水して浮いてきたのだろうか。

幼い頃、川口に住んでいたが、大雨の上に高潮が来て、土間のおくどさんも下駄も塵取りも、そして畳も浮き上がったことがある。

火の見櫓の半鐘が鳴って、不安をかき立てた。雨の中を走る大人たちの後について、川土手へ行った。

「馬鹿ぁ、子供は来るなぁ」

叱りつける声も聞かばこそ、畦道を走ってくるさやちゃんと手をつなぎあって、濁流の渦巻く川を見に走った。二人ともびしょ濡れで震えがとまらない。

渦の真ん中は穴になっていて、色々の物を吸いこんだ。木の枕、子供の下駄、裸のキューピーさんが頭の方から吸いこまれたとき、さやちゃんが足ずりして「あ、あ、あーん」と声を出した。

「この前の大水にゃ、湯の鶴の方から、牛も流れてきたちゅうぞ」

「牛は泳ぐげなな、ああいう時。家も流れてな、湯の鶴から」

　年寄りたちが話し合っている。

湯の鶴とは山峡の湯治場である。消防団の小父さんたちがかけつけ、もの凄い形相で、

「誰かついていって子供は帰せ」と怒鳴りつけた。

　さやちゃんとわたしは田んぼの分かれ道まで横っ飛びに走った。側溝の水がふくれ上っている。ふだんは底の方でちょろちょろして、泥鰌《どじょう》のひげが見えていたりするが、田んぼの水面よりは水量が高くなっている。

　消防団の小父さんの表情もあって、足許をすくいとりそうな水の流れが恐くなった。分かれ道に来てさやちゃんが立ち止まった。

「小父さん」

「うん、何か」

「牛は助けられたと？　死んだと？」

「牛？　ああ湯の鶴の牛か」

「渦に巻きこまれた？」

「俺ぁ、見とらん。牛どころか、自分が巻きこまれんごつしろ。見ろほら」

小父さんは側溝の曲がり角を指さした。そこにも小さな渦が出来、田んぼも道も水があふれて境界がわからなかった。

五年生になった秋、さやちゃんが、家の事情で学校を止めることになった。受け持ちの先生から話があり、下を向いたさやちゃんが教壇の前に立って、ぴょこりと頭を下げた。

同級生たちは息を呑んでさやちゃんを見つめた。十日ばかり前から「売られるげな」と誰かが言いだしていたからである。

ふた月ばかりして、「店」にいるのを見た、と仲良しだった一人が言った。三人ばかりで恐る恐る店の前に立ち、小さな声で幾度か名を呼んだ。

のれんを割ってさやちゃんが首を出した。大人のかける長い前掛けをしめ、着物を着ていた。まるで別の人間になったような頬の削げた顔で、何かを凝視する目つきのまま、返事もせずにすぐに引っこんだ。

別れ

同窓会というものにわたしはまだ出たことがない。きっかけはいく度かあるのだけれど、うまく日時が合わない。

小学校の同窓会ならぜひ逢いたい人がいるのだけれど生きているだろうか。先夜、水俣川の川口に近いその小学校に散歩の足を運んでみた。当時千人近いマンモス校といわれて、なぜかそれが子供心に誇らしかったが、校庭と古い校舎を区切るように立っていた栴檀《せんだん》の巨木はもうなくなって、往時茫々という気になった。

木の下に小川があり、石垣の間から泥鰌《どじょう》のひげがのぞいていたりしたのだが、小川のあともない。

ルミちゃんは町の子だった。

泥鰌の頭を一緒にのぞいたのは、体のひ弱なこの子が体操の時間を休むので、わたしは先生にいわれて、梅檀の木陰に、よく連れて行ったからである。色が白く、小さな乳歯が虫食いになっているのがいかにも町の子らしく見えた。体操をしながら振り返ってみると、ルミちゃんはかがみ込んで小川をのぞきこんでいる。

終わる頃には皆の所に戻って一緒にお辞儀をして体操がおしまいになった。わたしは聞く。

「何しとった?」

「メダカやどじょうば見とった」

「面白かった?」

「うん、メダカは並ぶとの上手ばい」

それはわたしもよく知っている。

「どじょうも並ぶ?」

「いんえ、どじょうはひげで泥掘って、もぐるとき上手よ」

色の白い頬に赤みがさして、ルミちゃんは目をきらきらさせた。村や山里の子らはメダカや泥鰌のことをこんな風には話さない。当たり前すぎて誰も感心しないからである。

ルミちゃんが上気した頬でそういうと、メダカの行列も泥を掘る泥鰌の鼻もぴちぴちエネルギーを蓄えていそうで、町の子はやっぱりちがうように思えた。黒いビロードのワンピースに、白いレースの衿をつけ、白い長い靴下をはいているのがとてもハイカラだった。

この子のお父さんは活動写真の弁士だった。わたしたちはいつもペアであったから、よく「活動みよう」と誘ってくれた。今も印象に深いのは山田五十鈴の『祇園の姉妹』で、凄絶な五十鈴の美貌に息をのみ、この世にこんな人間がいるのかと幼な心に思ったものである。

当時の活動写真館には前の座席に三人ばかりの楽士がいたが、ルミちゃんのお父さんの弁士が出て来て、黒いベレー帽のまんまお辞儀をすると、皆がようようと声をかけて手をたたく。たいへんハイカラな種族に見えた。

そこに何がかかっているかは常に町の話題であったので、トーキーというものになって、弁士も楽士もいないで、画面の奥から声が出て来るそうだ、という噂は、心なしか声をひそめてなされた。弁士の失業を心配したからである。

そのうち小父《おじ》さんはベレー帽姿で、昼間わたしたちの町内にあらわれるようになった。紙芝居を持ってきたのである。大人たちが言った。

「ほら、ハイカラさんの来らしたよ」

妓楼の隣の空き地で子どもたちを集めている小父さんのことをみなはハイカラ紙芝居とよんだ。「黄金バット」という外題が多かった。

昼風呂帰りの遊女たちが洗い髪姿で金だらいを抱え、子どもたちの後ろから黄金バットをのぞいていることもあった。彼女たちからは金はとらないそうだと町内では言っていた。

ルミちゃんがだんだん無口になって、遊びに行っても、ベレーをとった小父さんの、なにか浮かない様子をわたしはひしひしと感じた。この家では煮炊きの匂いも、わたしの家のような農家の、薪の煙や青魚の塩焼きの匂いとはどこかしらちがうのである。ガスコンロやかき卵やフライやカレーの匂いを、一段上のものだと当時は思っていたのだが、一家は居なくなった。

知らない人が住むようになった家のまわりに時々たたずんで、いいしれず淋しかった。三年生だった。

花いちもんめ

麦の黒穂が出かかっていた。田んぼのあぜ道を女童たちが、手つなぎ歌を歌いながら、不そろいの足つきでたどっていく。前後の歌詞は忘れたが、花いちもんめという一節があった。

ふるさともとめて花いちもんめ
箪笥長持　どの子がほしい
あの子がほしい

花一匁とは、ままごとの店のれんげ草や菜の花の重さである。

卓上に野の花を摘んで載せて、ひとしなみに一匁にしていたと思う。

お客の子がいう。

「この花いくら」

売り子の方は歌で答える。

「菜の花いちもんめ、タンポポいちもんめ」

買い手はアサリの殻やらハマグリの殻やらを持っていて、一枚一匁に見立てて、差し出すのである。

露草の花が真っ先にしおれてしまう。子どもなりに考えたのであろう、露草の一匁は別扱いで、大人の掌のくぼ大の月日貝の上に、ちょぼんと載せてあった。月日貝の真中に載せられた露草の紫は、たいそう気品が高いように見え、売らなかった。中でも異色は麦の黒穂であった。

普段、麦畑などには絶対足を踏み入れないように、どの子も躾られているはずだったが、あぜ道を通りながら、麦の黒穂を見つけると、申し合わせたように畝の中に抜き足、差し足入って、黒穂を抜いた。普通に育った出始めの穂には、もちろん手をつけない。

　黒穂をそのままにしておくと、黒粉が飛び散って、健やかな穂に伝染する。それでお百姓さんは、黒穂を抜きに畑にやってくる。百姓の子でなくとも、見聞きしているので、手柄のように黒穂を抜き、抜いた黒穂にはおままごとの高い値段がつく。

　確か、ハマグリ十枚だったと思う。

　小学校に行く前の女の子たちだけど、一匁と十匁の区別がついていたのが面白い。

　お金で物を売買する以前の形は宝貝だったという。魚介図鑑など知らずとも、女の子たちの遊びに、アサリやハマグリや月日貝が、お金の替わりの宝として使われていたことはほほえましい。貨幣の祖形だというのも、それぞれの貝が見た目に美しかったからだろうか。

　自分たちの爪ぐらいの、小さな桃色の桜貝を持っている子などは、ままごと箱の中にガーゼでくるんで、ちらりとしか見せなかった。持たない子たちは、その子がガーゼの包みを開くのを息をつめて見ていたが、壊れやすいので、外へは出してもらえないのも納得できた。子ども心に、この世には値のつけられない秘宝があると、皆で思っていたに違いなかった。

野草の花々と麦の黒穂がままごとの屋台の上に並ぶ光景は、季節としては少しちぐはぐな気もするけど、麦の黒穂に高い値段がついていたのは、本来健やかであるはずのものが黒変したことへの、おそれの気持ちをどの子も感じていたのであろうか。

II

冷水水源（水俣市袋）

長雨

友人の車で久しぶりに田園の中を通った。春に通ったとき、青々とゆれ広がる麦畑を見て、懐かしさにたえなかった。

あの青麦はもう熟れているだろうと思っていたら、すっかり刈りとられていた。意外だったけれど、農作業をしなくなって久しいので、こちらの勘がにぶったにすぎない。

穂孕《ほばら》みの頃にも一度目にしているが、若い頃、わが家で育てていた麦とは、穂のぐあいが少々ちがう。友人の話からすると、近くにビール工場が来ているので、ビール用の麦かも知れないということになった。

麦畑といえばさまざまなことが思い出される。今も切ないのは、まだ十にも満たない時分に遊ばせてもらった髪結い屋さんでの情景である。町内の裏は田園で、わが家の背後にも稲と麦が交互に植えられていた。収穫期の賑わいも空の青に吸いこまれて、当時まだ石屋の子であった幼な心にも、田畑のことにたずさわる人々の喜びがわかったものである。

髪結い屋さんにへばりついていたのは、その家に幼友達がいたからである。きっぷのよい女の子で女親分といってもよく、同年齢の男の子も子分にして、彼らは喜々として彼女に従っていた。

何時間、日本髪の出来上がるのを見物していても、邪魔あつかいされたことはなかった。よほどにおおらかな気風のお家だったとみえる。

お客部屋を今もありありと思い出す。飾り棚にはふっくらと出来上がった紅色や桃色の絞りの手絡《てがら》が並び、銀色のぴらぴら簪《かんざし》や鼈甲《べっこう》の簪も松竹梅をかたどって置いてあった。それらは主に近所の女郎衆や、花嫁さんの紙に飾られるのである。

「高島田」という髪型は、ふつうの娘ならお嫁にゆくときかお正月しか結ってはならず、女郎衆が正月用に結うことは慎め、「つぶし島田」ならよい、などという言い方があった。

梅雨の頃でも丸い大きい瀬戸物の火鉢が置いてあり、燠《おき》のまわりに何本ものコテが突っ込まれていた。「洋髪」というのも流行っていて、暖めたそのコテで髪を縮らすのである。火鉢のまわりを取り囲んでいるのは、たいてい洗い髪の女郎衆だった。彼女らは吐息をつきながら、こんなことを言っていた。

「長雨じゃなあ」

「この分じゃあ、今年も麦の腐るわな」

「もう腐っとるぞ、きっと」

「からいもはもう、植えたろうもん」

よく聴いていると、自分らが売られてきた実家の飢えを心配しているのである。沈黙が続くと、ざあざあと雨の音がした。妓楼の裏は麦畑だった。

わが家に働きにくる若者は彼女らの島と同郷の者が多かった。

「土方殺すにゃ刃物はいらぬ」と唄われた長雨の日々、若者たちも吐息をついて言っていたものだ。

「娘共がまた売られてくるぞ……。嫁に欲しか妓《こ》の、一人おるがなあ」

誰もそれを冷やかさなかった。

抜き衣紋

草履の鼻緒をつっかけるときと、靴下をはいて靴をつっかけるときと、まるで違う感覚が足の指に生じる。木綿の浴衣をじかな肌につけるときと、洋服の下着を身につけるとき、肌合いがこれまた違う。身のこなしも違う。

昭和初年のころ、わたしは水俣の栄町という通りに育った。もちろんそのころは着物だった。先隣に妓楼があって、そこの姉さまたちがお客用のおつくりをするのを、つぶさに見て育ったものだから、普通の女の子以上に特殊な化粧にあこがれをもった。

今はめったに見かけないけれども、抜き衣紋《えもん》という襟のやり方に特に興味をもった。遊女たちの髪型は日本髪だったので、近所にあった髪結いさんにも座り込んで、髪が結い上がっていくのを、一から十まであきることなく眺め、子ども心にも日本髪の襟足の仕上がりが、大変なまめかしいということを、わかっていたと思う。

襟足にのる髪の部分を、たぼといった。そのたぼに襟がくっつかないように、うんと背中を引いて着付けをするのである。それを衣紋を抜くといった。襟足から背中にかけて白粉を塗るのだが、遊女たちも一人ではできずに、お互いに塗りっこをしていた。

わたしは六つ、七つだったろうか、その衣紋を抜く着物の着付けをやってみたかった。白粉は自分で襟足に塗れないので、着物の襟だけを抜き衣紋にして、家人のいないとき、お女郎さんになったつもりで絵日傘をさして、しゃなりしゃなりと町内を歩く。母の鏡の引き出しから、蛤の殻に入った紅をとり出し、唇に塗っていた。

今も鮮烈に思い出すけれども、襟足をうんと抜いた背中に風が入ってくる。するとなよなよというふうに襟足が動く。じつに不思議な感触で、媚態というのではないが、その風が背中を吹き入る感じは、誰に見せるものでもなく、なよなよと肌に当たるので、女っぽいという自覚が生じたのが、不思議である。

そのときの裾捌き、素足にまつわる絹の感触は、やっぱり同じころ着ていた短いアッパッパや靴のときとはまるで違っていた。あの気分をどういえばいいだろうか。「こっぽり下駄」をはいて、内股に歩いていた。身につけるものによって、大地に立つ自分の姿勢が、劇的に変化するのが好きだった。

女性たちの意識を服装史から考える。労働着と遊び着。よそ行き着、スポーツ着、ほとんど裸に近いバレエなどの服装。和服の木綿、あるいは絹と女性の肌、そこから生じる情感、仕種、浮世絵に見られるような女性美の変遷。

物心ついたとき見ていた遊女たちの、素顔はどこにいったかと思うような、化ける彩色は世を忍ぶ仮面であったと思う。最近では普通の女性も仮面的化粧を施すようになった。

黒色人種の原初的、呪術的化粧を考えると、化粧の歴史は大変長い。最近では、男性化粧品もあると聞く。ささやかな心の塗り替えに効くといいけれど。

髪結いさん

私の祖母は狂女だったので、ふつうの人とはかなりちがったところがあった。

家の者たちが睡る時刻になると、非常にもの静かなしぐさで、かねてそれだけを大切にしている風呂敷包みをとり出すのである。縁側に近い西の部屋が彼女の居場所だった。その隅の三角棚にまるでご神体のような古びた葛籠があって、紫の風呂敷が入っていた。

目も見えなかったものだから、家の中を移動する時は壁伝い、建具伝いにいざりながら自分の部屋にゆき、風呂敷があるかどうかをたしかめる。寝た子を撫でさするような手つきであった。よほど大切な中身であるらしく、結び目がきついのが見ていてわかった。

水色や、なぜか緋の色をした裾よけが畳んで入れてあった。一番大切そうにとり出すのは、白無垢の衣裳だった。とはいっても、もとは白であったろうと推察できるていのもので、すっかり黄ばんでいる。今なら黒振袖や留袖、あるいは喪服の下重ねにするけれども、祖母の時代は白無垢が花嫁衣裳だったそうだと母は言っていた。

さて祖母は、手垢も相当ついたその衣裳をとり出して、袖をひろげては畳み、首をかしげては、右の袖と左の袖とを合わせてみたり繰り返すのだが、まるで人形の所作のようであった。

着物の畳み方にはきまりがあって、左右の袖付や袖口、おくみ、脇縫と合わせて、きれいにした畳の上に手のべしながら折ってゆくのだが、祖母は手の指に目があるかのごとくに、ゆっくりぴったりと折ってゆく。

見えない人だから電灯を消してもよさそうなものなのに、祖母がそれをやる間は、真上に灯されているのだった。一ぺん折っては首をかしげ、また畳んではかしげする。そのたんびに、乱れた白髪がほうと光る。夕茜の原っぱの、一《ひと》本薄《もとすすき》のようであった。

畳み終えた衣裳を必ず軽く胸に当て、びんの毛を垂らしながらうつむくさまは、老婆だけれどもかなり想い深い姿であった。もとのように風呂敷に包み、葛籠におさめる。その一部始終を見て幼女のわたしは育った。

世の常とはちがう世界に入りこんで、十八ぐらいで嫁入った当時のことを想い出していたにはちがいないが、想う相手が祖父であったかどうか。汚れた白無垢を洗ってやるといっても激しく拒んだそうだ。

所作事が終わるとわたしの出番だった。寝床から飛び出すと、三角棚の下に置いてある櫛箱から、つげの櫛やら、べっ甲のびらびらかんざしを取り出し、髪結いさんをやるのである。何とかして花嫁さまをつくってやりたかった。今の季節だったら仏さまのコスモスや床の間の萩を貰って前髪のあちこちに挿してやる。

祖母は少しも逆らわず、その孫も右に左に首を傾けて、秋の夜長をすごすのだった。

思慕

万葉の額田王をはじめ紫式部の源氏物語など、恋の名作は数しれないが、人に知られない小恋愛にも等しい意味があると思う。

さて、未練という言葉、自分と向き合う相手、（人間ばかりではない）との関わり方をいうが、わたしの地方に煩悩なる言い方がある。

ふつう煩悩なるものは絶つべきものと仏教界などではいうようだが、わが地元では、「煩悩の深い人」とは、すなわち情愛の厚い人であるとして感心されるのである。この煩悩の一変型として、未練たらしいとか、未練がましいともいうが、別れのイメージがつきまとう。

このことが生じるには、想いをかけるということがまずあって、気持ちが昂じていった果てに、相手の気持ちとぴったりしなくなり、思わぬ事故で、いうことなすこと、ことごとくすれちがいが起き、煩悩を残しつつ自分の気持ちを封じ込める、というのがふつうであろう。

わたしの初恋は小学一年の時に突然生まれた。人生の苦悩もここから始まったといってよい。ことの起こりは、同級生のお兄さんが、人をあやめたことだった。先隣の美人女郎を刺し殺したのである。同級生は大人たちからさえ、後ろ指をさされるようになった。

地面にかがんで、一緒に汽車ぽっぽの絵なんかを石筆を描いていた間柄だった。事件の起きた次の朝から、この男の子は「懲役人の弟」とよばれるようになり、細いうなじを重そうにうつむけ、誰とも遊ばず、とぼとぼ歩いてゆくようになった。

それは全く、わたしにとっても人間存在の闇の坩堝《るつぼ》に、その子とともに落ちたようなことだった。うちひしがれた後ろ姿と重い足どりは日夜わたしの心を占め、人は罪もないのになぜ苦しめられなければならないのかと考えるのだった。理屈がわかって考えたのではなかった。その子の姿はあまりにも苦しそうで、寄りつくことも声をかけることも出来ず、それを見るのが辛い。

思えばその子は、現世のどうにもならない不条理に打ちひしがれながら、たった一人で、十にも満たない魂で、人前では泣きもせずに、闘っていたのであったろう。

わたしの家はその頃、小学校への通学路にそって建っていた。どうしたきっかけであったたか、その子が寄ってゆくようになり、地面に字や絵を刻みつけて遊んだりした。

たいそう字が上手で、立派な筆を持っていた。「書き方」の時間というのがあった。一緒に学校に残されて帰りがけ、筆を貸してもらいたさに誘うと、すぐに貸してくれ、字ぃ書きごっこをするので、親たちもことのほか、この子が来るのを喜んでいたのが、ぱったり寄らなくなった。

行く先々で後ろ指をさされるこの子のことを両親も心配して気を揉んでいたけれど、呼び寄せようにも、誰の心も受けつけぬような少年の孤独な全身の気配に溜息をついて、あと見送るばかりだった。

よく学校も休まなかったと思う。学校にはこの子を慰める何かがあったのだろうか。

それがいつの間にか、また裏の田んぼ道からやってきてあぜ道に立ち、遠慮がちに声をかけてくるようになった。

田んぼごしにゆき来すれば、人にもわずらわされずに、れんげの花畑を三百メートルも行けば、互いの家にゆけるのである。私の家とちがって黒板塀の立派な門構えで、するするとははいれなかった。いい家の子なのだと思った。門が閉ざされがちだったのは世間に対してつつしんでいたのだろうか。

川口の村に転居することになったとき、この子、泰治くんといったが、遠慮がちに『おやゆび姫』という絵本を持ってきてくれた。ありがとうという声も小さくしか出なかった。その子が買ったのか、お母さんのお気持だったのか、あるいはお姉さんが持たせたのかわからない。

少年は特攻隊に征き、帰ってきた。あの飛行隊の帽子をかぶり、白い絹のマフラーをしているのに街角で一度出逢った。双方からうつむいてすれ違った。幼い思慕の中で断念ということを知ったと思う。少年はやくざの仲間に入って間もなく死んだと聞いた。

今になれば聞いておかねばならなかったことがたくさんある。教育程度の高い家だったにちがいなかった。上品な淡い色の『おやゆび姫』だった。高潮で流れたあの絵本にもう一度逢いたい。

蛍

田んぼにそった小川のほとりを歩いていた。真夜中だったろうか。水の匂いと、麦わらを焼いた匂いとがいれまざった夜気が、首すじに快く感ぜられた。和泉式部という歌人のことを、そのとき思っていた。

ものおもへば沢の蛍もわが身よりあくがれいづる魂かとぞみる

恋の歌が多いとされている。美貌で情熱的で、歌の才も抜群とあるが、どういう最晩年を過ごしたことだろうか。

星明かりと、川面の上を飛ぶ蛍を見比べて、わたしは大変ロマンティックな気分で歩いていた。まだ十代の終わりごろだった。なぜ麦わらの焼ける匂いを強烈に感じたのか。

いまどこかの田園地帯に行けば、麦わらの焼ける匂いにつつまれることがあるだろうか。聞くところによると麦わらの野焼きは、煙公害という非難がでるそうで、その景色や、牧歌的気分を味わえない世の中になった。

小野小町のことも連想した。この人も男たちを惑わせて浮名を流した。末期は、並ではなかったろうと考えたのも、野焼きのにおい野宿のイメージを誘ったからだった。小野小町も和泉式部も放浪伝説が各地にあるそうだが、過度の美貌と、過度の才能を併せ持った女性の晩年は、幸福というイメージにはなりにくい。

まあ、幼い頭で考えられるのはそれくらいのことで、流れる星や小川の匂い、明滅する蛍、野面を流れる焼きわらの匂いが、五官にじわじわしみこんで、わたしは感傷的になり、圧倒的な天空に比べて、いかにも小さな自分や人間の運命についても考えていたのだった。

それにしても、沢の蛍がわが身よりあくがれいづる、と詠んだときの式部の気持ちは、このような夜気の中で流露するのだと感動していた。

こんな歌を一首でもいいから詠みたいものだ、とそのとき思っていたが、そういう歌は出来なかった。

広大な夜空にたった一人で向き合った経験というのは、その後もしばしばあった。夜更けなのに野焼きの匂いが漂っていた印象はその夜だけだったが、若い女がそんな時刻に田んぼ道を歩くというのは、いま考えると何かよっぽど思いつめていたにちがいない。

若い頃は夜中になると家からさまよい出すくせがあって、怖がりもせずに磯の岩の上を歩いて歌をうたっていたり、山道を歩いて木々の枝の間からお月様を眺めていたり、その頃にありがちな魂の抜け出す病気であったかと思う。もし人と逢ったりしたら、妖怪と思われたかもしれない。親たちはそんな風にさまよい歩くくせがある娘のことを、何かしら不安に思ってはいたようだったが、具体的には知らないでいた。

いまは体力がなくなって、そういうことはできないけれども、あれは狂気と

までは ゆかないが正常ともいえず、その続きのように今はものを書いている。
しかしものとはいったいなんのことだろう。

「無常の使い」

二十代の終わりごろだったろうか、町の古老たちのお話を伺ったことがある。

水俣出身の徳富蘇峰が寄付して、父上の雅号をとって名付けた淇水《きすい》文庫で、昔の話を語ってもらおうと、館長の中野晋氏が企画された。

中でも電話が初めてきた時の話は牧歌的でほほえましかった。何しろ電話というものを誰も体験した事がない。電話には番号というものがあるとわかって協議の末、くじ引きという事になったそうだ。一番を引き当てたのは、当時はやっていたお医者様だった。みんながお世話になっているので、よかったよかった、という事になった。

ところで電話で何を話すのだろうかと噂になった。一般町民はまだ電話など縁がない。電話を手に入れた人たちも、真新しい受話器を前に、さて誰に何をはなしたものか、ずい分とまどいがあったそうだ。今のメールや携帯の時代とはまるで違うのである。

するうち、思いついたのはこんな会話だった。

「もしもし、あのう、裸でごめん下はりまっせ」

「まあ、なんの。まだ暑うございますもん。こっちも裸でおります。御用は何でござりましょうか」

「あのう、新唐諸《しんからいも》の茹だりまして、ほくほくしとりますが、おあがりにおいでなはりませんですか」

「まあ、ご丁寧に、ありがとうござります。後ほどあがらせていただきます」

これだけのやり取りをして、双方汗だくになったという。夏は帯から上は着物を脱いでいた時代である。

電話の所有者は、だいたいお医者様であった。医師会の集まりや町内の名誉職の集まりへの誘いなどが主であった。後には、御婦人方の着物の見立て合いや、縁談の相談などに使われたそうだが、電話の声がごくごく耳許で聞こえるもので、他をはばかる話の時は、あまりにも低い声になって聞きとれなかったそうだ。

「無常の知らせ」を電話でするようになったのはずっと後のことである。無常というのは人が死んだ時のことで、電話が来る前は、町内に仏様が出ると、必ず二人連れで親戚に知らせに行くしくみがあった。これを「無常の使い」といった。

使者に立った人たちは「人が死んだ」とは言わない。「どこどこのお家に、無常のござりました」と口上を述べる。受けた方では、「ああ、やっぱりなあ。とうとうお果てになりましたか」と応える。

あの頃までは人の言葉もたいそう丁寧でうやうやしかった。死んだ人や残った遺族に対して町中がつつしみの気もちを込めて、あいさつのやりとりをしたものである。

隣の村まで無常の使いに行ったりすることもあった。水俣の隣の津奈木の先へ行くのにちょうちんをとぼし、一晩中かかって津奈木太郎（峠）を越えて行き戻りした。そういう遠方へ行く時は高下駄をはいて行き、戻り着いた時は、その下駄の歯が、草履のようにすり減っていたそうだ。

おこげのお握り

『粗食のすすめ』なる書がしずかに売れているという。

広告を見ると、牛蒡《ごぼう》だの里芋だの、鰯だの、つまりは季節の野菜や青魚の類をとりあわせた、戦前風の親しい健康食といってよい。

どうして、いつから、日本人の常食であったこういう食べ物を、わざわざ「粗食」と名づけねばならなくなったのだろう。いわれてみれば、私などは典型的な粗食世代ということが出来る。お八つといえばイリコやカライモ、昆布、黒砂糖や米の飴、ニッケ玉などで、たまにはぼんたん漬、母親手づくりの黒糖カステラを食べた。遠足のキャラメルなどは、子ども心にも文明のような味がした。

今思うとどれも添加物なしのカルシウム、ヨード、ビタミンCやミネラルいっぱいのお八つであった。冠婚葬祭に近所の女衆が寄って作る煮染めなどは常の日より、大根も人参もたいそう大ぶりに切ってあったが、あれはどういうわけだったろう。今はしみじみ、野菜をおいしいと思うが、子どもの舌には何ということもない食べ物であった。

野菜がさしておいしいものでもないというたとえに、ご法事に来る寺の小僧さんが、こんなお経を読むのだと、煮物をとりしきるお婆さんたちが、節をつけていってみせる。

にんじんごんぼうだいこん食わぁん
あげどうふのふとかぁた
おるが食う

まるでお経の節そっくりにそう歌われると、大もろぶたに湯気を上げて並べられた野菜の煮物はいかにも珍しくなく、揚げ豆腐の煮染色になったのが有り難く思えたのは不思議である。

お供養事《ごと》の台所や婚礼の宴の台所を村の子どもたちがのぞいていた景色は、そこがハレの日の場所であったからである。仏さまの出た「無常の日」には、賄い方をつとめる頭婆《かしら》さまたちが、そこらにたむろしている子どもたちの顔をうち眺め、

「ん、どこどこの家の、何番目が見えんなあ、はよ、呼んで来なはり」

という。何番目、といえば子どもたちにはだれだれと名前がわかったから、呼びに走ってゆく。みんな揃わないとお握りが貰えないのである。白いエプロンがけの女房たちも出て来て顔をたしかめる。

「揃うたかえ。さあ、無常のご馳走ぞ」

婆さまが言い聞かせる。揃えておいたおこげのおおきなお握りと大根漬けが配られる。いっせいに手がのびる。声は出さない。人が死んだことを子どもたちは十分承知しているのである。女房たちは子どもらの人数を見こんでおこげが出来るように火加減をして、無常の日の大釜を炊きあげたものであった。

壮年になり、老年になった昔の男の子たちが私の家の囲炉裏を囲んで四方山話をする中で、必ずといってよい程口にするのは、無常の日の、おこげの握り飯の話だった。いかに塩とゴマがきいて、大きくておいしかったか。

村中がさほど飢えていたわけでもないのだが、祝言の日の松竹梅につくった生菓子などよりも、あの塩の利いたお握りを鮮明に想い出すわけは何だったろう。

あの村や町内の雰囲気はどこかに消えた。子どもたちのために、おこげをつくってくれた婆さまも女房たちも、みんなみんな、無常の日の仏さまになってしまい、向こうへ往ってしまった。

III

白浜の町並み(水俣市桜ヶ丘から)

後ろの正面だあれ

よちよち歩きを脱して、走ることも覚えようとする頃だったと思う。幼児のわたしには、「通り」というものは、じつに驚異に満ちていた。

目にも耳にもことごとく物珍しく、今思えば野鼠の仔や地に這う虫のように、いつも全身これ好奇心と言ってもよく、つまりそこから世界は始まったのだった。

一定の時間になると「会社ゆきさん」たちの靴音や話し声が通ってゆくし、「学校ゆきたち」が通る。牛が通り、馬が通る。馬方さんと馬の相性がいいか悪いかも、馬の息遣いや、言葉にならない馬方さんの声でわかる。

アイスキャンディ屋さんが自転車で片手の鈴を振りながらゆく時は、とても心配で息も詰まりそうだった。荷台のキャンディ箱がひっくり返ってしまったらどうしようと思っていたのである。

今も耳をぴこぴこさせ、小さな鼻を動かしている野兎の仔などを見ると、前世はああいうものたちだったかと思ったりする。

ところで、鼠の仔や虫の子などをよく見ていると、何かに出逢う時、一見無防備そうに相手に近寄ってゆくかにみえるけれども、瞬時にぱっと遁走する反応の仕方も、その心や体にしのばせている。

自分の幼時がそういうものたちと同類であった気がするのは、通りをはじめて探検して、お菓子屋さんの前まで歩き、店先に並べてあった五色飴に気を取られた時の鮮烈な記憶があるからである。

当時の田舎町のお菓子屋さんでは、子供の目線を考えてだろうか、店先に立てばすぐ目の前の、枡型に仕切った木箱に、黒砂糖をとかして炒った大豆を入れ、箸にさしこんで三角に固めた菓子だとか、ニッケ玉とか、そら豆をふくらませ、色をつけた砂糖で金平糖ふうにつくった物とか、彩りよく分けて入れてあったものである。

あれは金太郎飴の種類だったろうか、白地の丸い飴に、ピンクだの黄色だの、緑だのの線の入り組んだ飴が一番華やかに見えた。

いつもは母の背中か父の背中から肩ごしに眺め、あれかこれかとねだって結局、親の選択でほんの少し買ってもらい、我慢しいしい、まぶたに残っている五色飴がひときわ目立って手のとどく近さにある。

幼児の心理の形成過程を、わたしはこの時の自分を基準にしていつも考えるのだけれど、手はもうきれいな飴の方にゆきながら、お店の小母さんがそこに居ないのを、目と耳でたしかめていたのだった。

とっさに、手にしたものを隠すつもりで両手を後ろにやった。幼心にその両手がなんともみっともなくて、体ながら消えてしまいたかった。

店の斜め前にわたしをとても可愛がってくれていた飲食店の、やすの小母さんと、そのまた隣に母の従姉妹の仕立屋さんがいて、お菓子屋さんの前を常になく行ったり来たりする子をしげしげ観察していた。

「あれあれあれ、よちよちしとって飴盗りよるが、早よ、親に教えよ」

やすの小母さんが飛んで行って母と二人で待ち受けているのも知らず、後ろ手に飴玉を握ったまま家に入るやいなや、赤い腰巻きを着けたお尻をぶったたかれた。やすの小母さんと、お菓子屋の小母さんも飛んで来て、大慌てで止めたが、母は涙をふきこぼしながら手をやすめなかった。後にも先にも手を振りあげられたのはこの時ばかりだった。

「もうけしていたしませんからといいえ、かんにんして下さいといいえ」

「もうして……」

「もうしてじゃなか、もうけしてといいえ」

「もうもして」

「バカ！　かんにんして下さいといいえ」

おじぎとお詫びの言葉をいおうとするがまだ口がまわらない。

お店の前まで連れてゆかれた。おじぎはかろうじてできたが、口がよくまわらない。

「まだ口もまわらんくせして、悪かことばおぼえて」

恐縮しきって逆上していた母の姿を忘れない。その母が病気になって竹藪にひとりで倒れている夢を今朝もみた。ひんぴんとそんなたぐいの夢を見る。逢いにきてくれているのだとあたりを見まわす。この歳になって切に母に逢いたい。

夕餉の酒と父の歌と

夕方になると、母親たちの子供を呼ぶ声がひとしきり、通りのあちこちに響いた。

子供らはまだ遊びたくもあるのだが、鰯の焼ける匂いや、ジャガイモの炊ける匂いにお腹がひくひくして来て、チッソの「会社病院」の枇杷の木陰やその後ろの麦畑の中から出て来る。

昭和初年の頃、家々にポンプ井戸があった。そのポンプをつく音と母親たちの子を呼ぶ声が入れ交ざり、港行きの馬車のがらがらというわだちの音とともに、通りはひとときき、夕方の賑わいを呈していた。

弟が帰って来ないとき、わたしの母は、色づき始めた裏の麦畑に向かって、声を上げた。

「一《はじめ》ぇ、一ぇ、どこにおっとぉ、ご飯ばあい」

すると遠くの畦の間から四、五人、男の子たちの影が現れる。青い菖蒲の葉っぱを鉢巻きにしめ、腰に結んだ縄に木刀をぶちこんで、それぞれ剣術使いの達人のつもりでいる。

意気揚々とみえるのは、彼らが体中にまぶしつけている泥や草のせいかもしれなかった。膝の上までたくしあげたズボンも臑《すね》におとらず泥だらけで、胸や右腕やらまで、ことに汚れている子は、斬られ役かもしれない。

母はそんな連中の中に弟を見つけて、叱ろうと思う気分が失せるらしく、ズボンと臑に水をざあざあぶっかけるのがおちであった。

夕食になると父が弟に尋ねる。

「今日は大将じゃったか、斬られ役じゃったか」

「両方じゃった」

「一《はじめ》の斬られ役は、品のよかち、お愛さんのいわすよ、倒れる時、品のよかち」

弟が叱られぬうちにと思うのだろうか、母が急いで、お愛さんの名を出す。父も気に入っているわが家の働き手である。

「馬鹿、斬られ上手にならんでよか。男ならめったに倒れちゃならん」

父は「大将の器」に弟を仕立てたいらしいのだが、斬られ役をやると絶妙に品がよいとお愛さんがほめると聞いては、言いたいことが行方不明になるらしい。同席している若衆たちが「大将よりゃあ、斬られ役がむずかしかぞなあ」などと加勢をする。

土木請負業と石屋を兼ねた家で、石工志望の若衆たちがいるので、夕餉どきはたいてい酒になった。顔が揃うと、父は庭訓めいた警世の文言をよく口にした。世の中と金権家の堕落をいきどおっているのだが、あまりに舌鋒鋭いので、勢いあまっていつ誰に雷が落っこちて来るかわからない。

若衆たちはいささか首をちぢめ、しかしのどやかな表情で、どんどん焼酎や刺身のお替わりをした。

破産して家業がなくなってから、昔を懐かしんで来る元若衆たちにそれを尋ねてみた。

「いんえ、めんめんにわあわあいうて、わが家よりはようしてもらいよった。あねさんのやさしかったけん。楽しみなもんでした」

口を揃えてそう言われる。

夕食の説諭が無事に済んだ後の酒は歌になることもあった。途方もない音痴の父が最後に歌う。

「関の五本松はあー」と歌いはじめるのだが、ひと節ごとに若衆たちは腹をかきむしり、畳をこさいで笑い転げた。父はとろけるような表情で歌い続ける。瞬間湯沸かし器のような怒りんぼとはとても思えなかった。

灘の酒樽

それは田園の中のひとすじ道だった。港から始まって、T字形に薩摩街道へとつながり、両側に家が並ぶと、栄町と名がついた。

昭和初年頃、町の裏側では春先になると、いっせいに蛙が鳴き立て、田んぼの水に灯がともったりして、出来たての町というものは港通いの場所も、一軒出来た遊女屋の妓たちも、初々しかった。

夏のはじめの祇園祭の行列は、酔客たちをまじえていたが、どこかしら羞じらって、はじめて逢う人とも言葉を交わしながら行くのだった。

栄町の隣が、祇園さまのある港だったので、祭の客がわたしの家にも繰りこんで、玄関に入るか入らないうちに、言うのだった。

「天草組が、太鼓三味線で鳴り渡って来よるけん、今年の祭は賑わいますぞ」

水俣・本渡間の定期船は母の従弟がやっていたもので、隣の町の祇園さまに親類たちが便乗して来るのである。一艘では乗りきれず、それぞれが家舟を仕立てて来るのだが、今の自家用車のようなものだったろう。まだはじまらない祭に酔って、海の上から鳴り物入りでさんざめいて来る様子を、「鳴り渡って来る」と表現した。

「ほう、たいがいもう、出来あがっとろうな」

「そうさ、あの組が、出来あがらずにおるものか」

というのも褒め言葉で、不知火海を中にして、昔から嫁にやったり婿にとったりしている縁で、祭となれば招きあう。

互いの人柄がもろに出るのは酒席であるから、お神酒の流れで酔うのは極上とされた。だんだん出来あがってそれが持続し、酔いぶりがよいと褒められて、後々の語り草になった。見知らぬ人でも引っぱりあげて歓待した。

「あんたどこから来らしたかえ。よかよか、上がって賑おうてゆき申せ。祭じゃもん。巡査さんもほら、赤うなって行きよらす」

祇園さまの夜、栄町の道すじは参道になった。カーバイド灯をかざした夜市も立つ中を、ほろ酔いの父の肩車で、ゆらりゆらりと人波にゆられていたが、あの慎ましい灯りが、時代の奥へ引いて行ってから、思い出すのは祭の裏方をこなしていた母の姿である。

山のようにご馳走を作りあげ、竹の皮やお重を総動員し、女衆の加勢を受けながらお土産を持たせるのに大童だった。その片付けが済むと、土間にすえた灘の酒樽のせんをひねり、朱色の御器椀《ごきわん》にとくとくとついで、きゅうっと一息に飲み干す姿を見たことがある。男たちが飲み倒れているのを見やって、前かけのはしで口を拭き、上がり框《がまち》に腰を据えた。

「ああ済んだ、済んだ」

というのだが、酔ったのか、どうもなかったのか。みてはいたのだが、今もってわからない。

いかにもおいしそうだったけれど、ふだんは飲まなかった。父が大酒乱だったので、それやこれやを含めて、「ああ済んだ、済んだ」だったのだろう。

海を渡ってきた魂

「昔はなあ、帆かけ船仕立てて、思いに思うて天草から、太鼓三味線で、鳴り渡って来よったがなあ」

大きなかき揚げを、寄ってくる子供たちの手に握らせながら、ご馳走作りの加勢に来る女衆たちがそんなことをよく述懐した。

わが家の祭りでは女たちの血が騒いだ。と言っても神輿《みこし》を担いで走り出すわけではない。日ごろのびやかでゆっくり屋の母が祭りが近づくと、何ごとかを決したような目つきになって口をひき結び、おだやかな声で女衆たちを動かした。家のリズムがハレの日に向かってゆくのが子供心にも感じられた。

それはいつもかまど造りから始まるのだった。三、四人が家の田んぼに走って田の泥を鍬でかきあげ、女籠で担いで来る。まず大かまどをその泥と石とで築き上げる。

鉄の大釜をまだ濡れているかまどにかけてみる。女の手では抱えきれないので、男衆たちがかけ声をかけてやるのである。赤飯を七、八十人分蒸すのに、そういう仕かけが必要だった。大かまどが座ると、皆が活気づいて祭り気分になった。

五右衛門風呂を浅くしたような鍋で煮染めも炊き上げ、白おこわも蒸し、近所の子供たちに握って食べさせた。白おこわは神様と共食の意だった。

揚げ物も屋外の大鍋で揚げ、町内の子供らに食べてもらう。祭りや法事には、子供らを接待するのがわが家の習いだった。

何しろ船一艘の客たちがやってくるのである。男女うちまざった賄い方が上気しながら料理を積みあげる。

すし作りは父が指図した。赤銅の真四角な卵焼き器で、溶き卵が匂いを立てて黄色い一枚になるのが嬉しかった。昔の卵は今のよりも黄色味が鮮やかで、さまざまなご馳走の中でも、卵と、湯葉を、うすい緑と赤に染めたもので作った巻きずしは華といってよかった。

父の得意はこんがり炒めあげた塩で味をつける生魚のぶえんずしで、舌の肥えた大人のご馳走だと、例年くる客たちが楽しみにしていた。

「船か馬に積んで帰ってもらわんば、ネマリます」

というほど汗だくで作り上げるのである。

ネマルとは糸をひいてすっぱくなるの意である。

わたしと妹にこの家風が伝わったが、このごろは体力がなくなって、昨日などは十人分のお客様をするのに外からお弁当を取った。お味が思っていたのとだいぶ違って、お客さまに申し訳ない思いをした。

みんな死に絶えてしまって、船を仕立てて海の向こうの一族がやってくることもなくなった。船を着けるべき波止もなくなり、海辺の祇園様も、川口の観音様や八幡様も、お参りする人々はけろりんとして、見えない存在の前に慎んで立つという表情はうすれてしまった。

人々が帆船を仕立てて太鼓三味線で鳴り渡って来た時代、聴いている耳も今とは随分違ったろう。そのことを何かしらものさびしい賑わいのように想像するのだが、人々は何に憧れ、「思いに思うて」、海を渡ったのだろうか。かの魂たちはどこへ行ったろう。

宮崎県椎葉の人里離れた山奥で、いちずな瞳をした男の人たちが神楽を舞う姿を思い出した。

踊り足の黒鞄

わたしが思春期の頃まで、ひと目でそれとわかる髪型をした名物産婆さんがいて、敬われていた。

大正年間から昭和初期にかけて流行したかに思える「二百三高地」という髪型を高々と結い上げ、それが相当に古典的な結い方であったにもかかわらず、頑として彼女はそれを変えなかった。二百三高地とは日露戦役、旅順の戦の勝利にちなんだ髪型をいう。

あの頃、水俣の町は人口どのくらいだったろうか。一万とちょっとくらいだったろうか。むくつけき青年たちも嫁にゆく娘たちも、みんなこの松本産婆さんに取り上げてもらったそうで、この人の姿を見ると子供でも背中をまるめてお辞儀をした。

遠い日のそんな情景を思い出したのは、朝の連続ドラマで貫録のあるお産婆さんが出てきたからである。主人公はハワイ生まれの女の子。寄宿先の大家族に出戻り中の妊婦が自宅出産をいいだして産婆さんが登場。大柄でユーラスだが、わが町の松本産婆さんは小柄ながら威厳があった。

ノリの利いた白いエプロンを和服の上につけ、お医者さまが持つような分厚い黒革の鞄をいつも提げていた。いかにも権威ありそうにみえたのはあの、黒革の鞄のせいではなかったろうか。

今でこそ小学生にいたるまで革のランドセルなんか背負っているけれど、昭和初期、女の人が和服姿で黒の革鞄を提げているということはなかった。小学校の女先生でも、教科書やノート類は風呂敷に包んで、片手で胸に抱えていたものである。

松本さんは雨の日は鼻緒の先に革覆いをかけた高下駄をはき、かつかつと歩いていた。駆けている時はどこかの赤んぼが早く産まれそうになっているにちがいなかった。道ゆく子供たちも緊迫したその表情に圧倒され、身を引きながら見送るのだった。

町内一、喧嘩っ早いという消防団長がいた。魚市場の人で、わが家の酒宴にこの人が現れると男衆たちが座り直し、

「荒熊のおん尉《じょう》の来らいますぞ」

などと囁き交わし、神妙にしていたものである。名前からして強そうだが、沖縄系のような彫りの深い、眉の濃い目鼻立ちで、笑顔がとても人懐こかった。

この人が、祇園祭りで賑わいはじめた夏の夕方、人波の中をかきわけ、松本

産婆さんの黒鞄を片手にわっしと掴み、片手ではこの小さな人の手首を掴んで、踊り足で走って往ったというのだった。

喧嘩も強いがめっぽうに足も早い。ふつうの女房よりは闊達な松本さんでも同じように走れるはずはない。

「産まれます、産まれます、早う、早う、早う」

ただただ早うという荒熊さんにお産婆さんは反り身になって、ずるずる曳かれながら叱っていたという。

「荒熊さん、その鞄。大事な道具のはいっとりますとぞ。やたらふり回すもんではなか」

人びとは言った。

「さすが松本産婆さん、位が上じゃわい」

常とはちがう祇園さまへの人波がしずかに割れて、ささやき声が湧いていたという。

「祇園さまの晩の赤ちゃんなら、べっぴんさんばいなあ」

地面のしめった秋の日に

工事現場にも弁当屋さんが来るそうだ。おカミさんたちが助かるだろうと思っていたら、新聞の広告ページいっぱいに、宅配弁当の色つき写真がのっていた。

野菜もけっこう取り合わせて、いかにもおいしそうで、注文しようかと考えたがやめにする。栄養のバランスは一応考えられているが、高カロリーで若者向きである。素材を買いにゆくにも不自由している身には、安くて手軽だし、これだと需要もふえるだろう。注文が殺到したら、材料はどこどこから集められるのだろうか。

単車で配達に走り回るお兄さんたちも、台所の人たちもへとへとになることだろう、などと想ったが、いらぬ心配をするのも、この夏の、とんでもない暑さの夕方、心の疼く経験をしたからである。

さる出版社から、水をたくさん頂戴した。命の水を頂いた気分だったが、持って来てくれた躰の細い若者の姿が忘れられない。重そうな段ボール箱を抱えてその若者は、玄関に倒れこまんばかりに、よろよろはいってきたのである。思わず手をさし出した。

「大丈夫ですか！　まあお兄ちゃん！」

あえぎ声で若者は答えた。

「……まだ生きとります」

手をさし出したものの、そのでっかい段ボール箱は受け取れるような代物ではない。

「大丈夫？　大丈夫ですか」

言葉はこういう時、阿呆なばかりである。ふらつきながら彼は玄関の式台にものを置き、受取状をさし出した。目が虚ろで、首のつけ根の両肩がひと息ごとにくぼんでいた。水なりと飲ませればよかったと悔いが残った。彼はわたしを見ないで立ち上がり、かすれ声を出した。

「昼飯、食いそこねたもんで」

外はまだ炒り上げるような陽がかっかとしていて、七時半ごろだったか。果物ジュースを用意しておくべきだと真剣に考えた。仕事柄、わたしの所へは、本だの水だのがずっしりととどく。それでなくともこの夏は「熱中症」のことが話題になっていた。

弁当配達の広告を見ていたら、かの若者の姿がまぶたに甦った。水を運んでくれながら、あの姿は熱中症寸前ではなかったか。昔は日射病と言っていたが。つくづく小学校時代の運動会の弁当がなつかしい。地面はしっとりとした秋晴れの日。どこの家の母親たちも二、三日前から材料をととのえ、漆器の弁当箱を拭き直す作業にかかり、子供たちにも漆器の扱いなどを覚えさせた。

この季節になると、晩に味つけした昆布やごぼうや里芋などは、次の昼まで腐らない。巻き寿司も酢を利かせておくと腐らない。十人分の段々重箱に朝つめる。母の手つきを見ながら鉢巻きをしめて、この日ばかりは早々と登校したものだった。家族は五、六人だったが、十人分より更に、堺重《さかい》というのにも、ぎっしり卵焼きや寒天がつめてあった。天草方面から船に乗って、お客さまが

郵　便　は　が　き

料金受取人払郵便

福岡中央局
承　認

18

差出有効期間
2026年２月
28日まで

（切手不要）

８１０-８７９０

156

福岡市中央区大名
二―二―四三
ＥＬＫ大名ビル三〇一

弦書房

読者サービス係　行

通信欄

年　　月　　日

このはがきを、小社への通信あるいは小社刊行物の注文にご利用下さい。より早くより確実に入手できます。

お名前

（　　歳）

ご住所

〒

電話

ご職業

お求めになった本のタイトル

ご希望のテーマ・企画

購入申込書

※直接ご注文（直送）の場合、現品到着後、お振込みください。
送料無料（ただし、1000円未満の場合は送料250円を申し受けます）

書名	冊
書名	冊
書名	冊

※ご注文は下記へFAX、電話、メールでも承っています。

弦書房

〒810-0041 福岡市中央区大名2-2-43-301
電話 092(726)9885　FAX 092(726)9886
URL http://genshobo.com/ E-mail books@genshobo.com

来るからである。

運動会は祭りだった。父の飲み仲間のトラさんたちが、運動場にくり出し、応援に乗り出すのにはとても困った。

「道子ぉ、はじめえ、天草から応援にきたぞう、そらゆけえ〜」

はだしでそういいながら踊りまわったからである。

先生方は困って、メガホンで叫んだ。

「応援の方はひっこんで下さい、ひっこんで下さい」

運動会の進行がずれたことはたしかで、そこらあたりに焼酎の匂いがぷんぷんして、わたしと弟はとても恥ずかしかった。そのことを語りあおうにも弟はもういない。父はさすがに、「ちっと行きすぎじゃ、焼酎は帰ってからぞ」と客たちに苦情を言ったようだった。

「用意、どん」の旗

躰のふしぶしにまで、ねっとりと熱さのからみつく夏だった。

秋ははたして来るのだろうか、わが列島はこのまま砂漠化するのではないかと九月のはじめまで思っていたので、朝夕ちゃんと涼しくなってこんなに有り難いことはない。全身、鉛を入れられているようで、午後からもう、ぱたりぱたりと横になって過ごしていたのが、起きていられるようになった。

それはよかったが、やりかけの仕事が山積みのままなのに、今更ながらがくぜんとする。あんなひどい夏のまま衰弱して、他人さまにはまったく意味不明のメモやら、不完全な書きかけ原稿やノート類を残して死んだら、どんなにはた迷惑なことか。草ぼうぼうの仕事の庭を眺めて溜息をついていたら、締め切り日を忘れてしまった夢を見た。

黒い小猫と遊びながら空とぼけているわたしを見て、Ｆ社の若社長はにやりと笑ってこう言った。

「忘れた忘れたって、石牟礼さんのは昔から特技ですからね。みんな知ってますよ」

彼はそういうと空に向かっていきなり、どどんと爆竹を上げた。雲ひとつない理想的な青空だなあと、とわたしは夢の中で思った。やられたやられた、爆竹で原稿のさいそくをするなんて。

おかしさがこみあげて目がさめた。声を出して笑ったおかげで胸のつかえが少しは下りた気がした。カーテンを引きあけ、ほんとに空が青いかどうかをたしかめた。夢の中の爆竹は、近くの小学校の運動会だったかもしれない。

前日、知り合いの若いお母さんから明日は息子の運動会だと聞いて、そのまぶしくほそめた眸がたいそうきれいだったので、夢の中に青空が出てきたのかもしれない。聞けば近頃のお母さんたちも、お弁当はやっぱり手作りで、はりきるそうである。
四、五日前のテレビで、運動会の日のお父さんたちの怪我にはどういう例があるか、と人にたずねていた。それによるとビデオ機器を抱えて塀の上によじ登り、落っこちる例が一番多く、次は歳を忘れて走ったり跳んだりして腰や筋をたがえたりするのだそうだ。運動会では子どもよりもお父さんたちががんばるらしい。

思えば昔、わたしの父も運動会への思い入れは相当なものであった。天草下島の小さな村の、青年団の連合運動会なるものがあって、父が総指揮をつとめたことがあったそうだ。日露戦争のあとの頃である。爆竹はあったかなかったか聞いていない。

彼が総指揮者として発明したのは「走りくら」の時の「用意、どん!」であった。走者たちを並ばせておいて、あの、旗上げというか旗ふりというのか、「あれを最初に考えだしたのが、亀太郎という男じゃったぞ」とは、本人からは聞かなかったが、彼の弟と、もと青年団員の爺さまたちの話だった。

彼にとって運動会はよっぽどの日であったらしい。かねては夕べにしかやらない焼酎を、ひる前から大っぴらにぐびりぐびりとやりながら、ふだん被らないフェルトの中折れ帽を恭しく戴いて、羽織袴で、とろけそうな目つきをしてやってくる。その姿を見ただけで、子ども心にじつに恥ずかしかった。

どういうものかいつもビリになる弟に、羽織を脱ぎ、仇討ち姿のようなタスキがけになって伴走するのである。中折れ帽を振りかざし、フレーフレーと励ますのだが、弟は無念無想のような表情で首をふりふり走ってはいるが、ちっとも早くなれなかった。

かの秋空よ、永遠なれといまはおもう。

花おべべ

久しぶりに雪の舞う日があった。

空を見上げて牡丹雪に顔をさらしていると、なぜだか今という時がみるみる去ってゆくようで胸が疼く。忘れていた昔の時間が雪のかなたからやってくる。わたしは急いでショールをかぶり直し、遠ざかる時間の方角に歩き出す。

幼い弟がよそゆき絣を着せられ、母の背中にぴったり頬をくっつけて、弱々しい声で泣きじゃくっている。その衿足に雪がとまってはすうっと消える。弟は四歳になったばかりである。歩いている私を指さして、

「花おべべば着るう」

と言っている。

「ばか、花おべべはおなごの子が着ると。お前は男の子じゃけん、これでよか。気管支炎になっとるのに、花おべべどころか」

父がかたわらで黒い洋傘をさしかけながら叱っている。母がかがんで背負い直しをした。

その日は弟の紐とき祝いだった。その頃は満の四つになると親類縁者を招いて祝ったものである。お宮詣でにゆくのに着替えが始まっても、弟はしょんぼりしていた。あとで考えると微熱があったのだろうが、私がよそゆき着を着せられ、両の袂をひらひらさせてはしゃぐものだから、見上げていた弟が、身悶えするように鉄色の絣を脱いで、「花おべべば着るう」と言い出したのである。

「お前は男の子じゃけん、赤おべべのなんの着らんと」

母がしきりになだめている。私はこれ見よがしに袂を振ったりしたのに気がとがめた。

お宮詣でから帰ってくると、弟はぐったりとなっていた。おどろいてみんなで「紅さしさん」に連れて行った。紅さしさんというのは民間治療師で、箸の先に朱をつけ、つぼに移してゆくのである。

紅さしさんはお婆さんで、弟を見るなり、

「こりゃあ、気管支炎になっとる。ほおっておくと、肺炎を起こすところじゃった」

と言って、丁寧な手つきで弟の全身に朱を施してくれた。

その帰り途、弟がまた花おべべを着るとぐぜり出したのである。母の背中の弟を見ると、こめかみにつけられた朱の色がいたいたしい。雪のつまった下駄の鼻緒を踏みしめるのに、母はしばらくかがんでいた。わたしはふっと近寄って弟の手首を握った。

「今度ね、気管支炎の直ってから、花おべべを着せてやる、ね」

弟はびっくりしたように息をとめ、こっくりをした。雪の中でぼんのくぼがふくふくしていて、わたしは怖いものを見た気がし、後ろ退りした。

元気になってから、両親の居ない日に、約束どおりわたしは弟に、花おべべを着せた。いかにも嬉しげなのを見て、蛤の中に入っている母の口紅もつけてやった。

いそいそと表に出てゆくのを見て、近所の大人たちがわっと囃したてる声が聞こえた。わたしは立ちすくみ、彼はいいようもなくしょんぼりとした様子で帰って来た。一つ違いの弟であった。

儚げな、しんとした目つきの若者になったが、長くは生きずに亡くなった。わたしの方が弟よりも可愛がられているのではあるまいか。罪の意識が少しずつ少しずつ幼かったわたしの胸につもっていった。人生は暗い、という言葉は知らなかったけれども、そんな感じであった。

雪が降ると、今も胸が疼く。

馬の神さま

町並みは真っ白だった。電信柱もこんもり雪をかぶり、ざぼんの木の大きな葉っぱが首を振るように雪を落とす。人の足音がきしきし聞こえるのも珍しかった。幼い頃の記憶である。

二、三日前、オリンピックの氷の坂の、じくざく滑りをみていたら、スケート靴の、氷を刻んでゆく音がとても鋭く、寒い寒い感じがして、どうぞ若者たちの足が折れませんようにと縮こまっている自分を発見した。

北の国を知らないからだろうが、雪の音というものは、もっと柔らかくあってほしいと私は思っているらしい。

などと考えているうちに思い出したのは、そんな雪の夕昏れ頃、田舎の一本道を馬が一頭、通っていった姿である。

人の通る音も、犬の通る音も雪の降る日はちがって聞こえるもので、ご飯のあとのしじまを手あぶり火鉢に手をかざし、表の音に耳をすましていたのかもしれない。

すると、みんなから離れて表の縁近くに座っていた祖母が、咳ばらいをして、呟いたのである。

「あよ、馬頭《ばとう》観音さまの、たったお一人、ゆきおらいますわぇ」

みんなはっとして顔を表に振りむけた。

たしかに、きしり、きしり、とひづめの音を立てて、馬が通った音を聴いた。祖母が咳ばらいをして、「あよ」という時には何かがある、とみんなは思っている。「あよ」という天草の上代言葉には神霊のひびきがあって、何かが降りてくる気配がしたものだ。

祖母は目が見えず、頭もふつうでなかった。みんなの目に促された気がして、私はそっと土間に降り、戸口を細めに開けてみた。弟が続いて降りた。外は雪明かりだった。

たしかに馬が一頭歩いてゆく。ふつう馬といえば、田んぼにいるか、畑にいるか、道路をゆく時は杉の木を束にして曳いているとか、客馬車のほろをつけ、馭者さんが綱をとっているものだが、この時、馬は手綱をとる人もなくひとりでゆったりと歩いていたのである。

馬頭観音さまを見たことがあった。山の登り口に友達の家があり、入り口に、古い石の観音さまがおられ、馬方さんたちがお神酒やお花を供えるのを見たことがあった。友人も拝んで、「馬の神さまばい。粗末にすれば罰かぶっとよ」というのである。お顔は馬ではなかった。

もう三メートルばかり離れていたが、長い尻尾をゆったりと優雅に振りながら馬が歩いてゆく。お尻が雪明かりにむっくりむっくり巨きく動く。目を凝らして背中を視た。何も視えない。

(神さまの、背中におんなはるとよ。見えんとよ、神さまじゃけん)

弟にそう言いたかったが、口に出せば罰が当たりそうで、ただ指をさした。すると雲の間に月が出て、高くあげた尻尾が一瞬、背中の上で光のように放射した。

あの雪の夜の馬はどこからきて、どこへゆく馬だったろうか。だまっている姉弟を眺め、家人たちも顔を見合わせ、しばらくしんとしていた。外の音もきこえなかった。

御火焼《おんび》き

あれは昭和も初期の頃だったが、町内では夕ぐれが近づくと、どの家でもランプの「ホヤ」を磨いていた。それは子供たちの仕事だった。

「ホヤ」というのをどう説明したものか。火屋と書けばわかるだろうか。

石油を密封した器の中に芯をひたし、少しだけ出して火をつける。火は吹き消されぬよう、ガラスの火屋に入れ、同じくガラスの笠をかぶせ、吊り下げて灯りにする。一晩焚けば煙も出るので火屋が必ず曇ってくる。毎夕、火屋の中に片手で布をさし入れ、曇りを拭きとらねばならない。ランプが暗いと食卓も暗く、一家の団欒も賑わいが足りない。

大人の手は入りにくいので、手の細くなったお婆ちゃんとか、子供の仕事であった。

「三郎、三郎、ランプのホヤは磨いたかぁ」

というような声が、通りをつき抜け、ああもう三郎ちゃん家《げ》は夕食じゃと分かるのだった。

子供たちは下ぶくれ型のガラス瓶に細い手をさし入れ目を凝らし、落とさぬよう気をつけて、毎夕ホヤを磨いた。わたしの亡き弟も、汗を浮かべた鼻の先をぴかぴかさせ、夕べの団欒に一役買っていた。九つぐらいだったろうか。

ランプの芯に火を点けるのは我が家では父親の役目だった。磨き上がったホヤを用心深く持ち上げて、その瞬間からマッチの火にうつす。一点に視線をしぼり、両の指先と呼吸をひとつにしてぱっと火を点ける。

吊り下げてあるランプはゆれるので、足と腰をしっかり安定させてやらねばならない。夕闇のしのび入っている部屋の中が、聖画の中のような明るさになり、何ともいえず安堵した。

父親の仕事は石を刻んだり、男衆を引き連れて川や道路の補修に出かけたり、その口ぐせによれば、「この世の基本を創る」たぐいの仕事であったらしい。いつも「曲り尺」という直角の物差しを腰にさして、たしか水平秤というのを持ち、石の面や倒れた柱などを計っているのがじつに不思議で、水平秤の中心の水がまっすぐ横になっているところがこの世の中心で、間違うと家も橋も傾くと父は言う。小学四年ぐらいだったろうか。井戸を掘るときもはじめ地面にそれを置いてみせた。今あの道具はあるだろうか。カンナのような木型の中に水の管が入れてあるのが不思議であった。

その目盛りをランプの灯にくっつけて、何事かを呟いているのを見上げ、子供心に、ランプの火が大きくなればよいがと息をつめていたものである。思うにあれは「この世の土台の傾いていないところ」を探していたのであって、ランプの重力をたしかめていたのかもしれない。

町内に電気が来た日、父が家族みんなを集めた。

「今夜からもう、ランプのホヤを磨かんでもよか。電気ちゅうもんの来た。ほら、よかか」

スイッチをひねった。眩《まぶし》くてみんな何べんも目をこすった。二十ワットくらいだったろうか。魔法の火とも思われた。

同じ年の正月明けに、裏の田んぼの刈り跡で、町内の子供やら大人が集まって盛大な「御火焼き」をした。まだ明けやらぬ朝の闇に、各戸から子供たちが貰い集めた注連《しめ》飾りをどんどん燃やす。勢い高く爆ぜる火に注連飾りの餅を焼き、頬の火照っているみんなに配る。黒く焼けたのを頬ばり、手をかざしながら大人たちが言い交した。

「やっぱ本物の火は、こうなからんばなあ」

咽喉を撫でられる黒猫

昭和初年、町内に窓のある家は少なかった。たいてい板の引き戸で、がらがらと戸を開ける音がすれば、夜が明けたことになる、その引き戸の内にガラス戸のある家はお店屋さんで、煙草屋、文房具屋、酒屋、美人姉妹で有名な紙屋さん、お菓子屋さんという具合である。

ガラス窓といえば、半分田んぼに囲まれた小学校が、町内一の窓の集合体だった。もちろん木造校舎で、高学年の背丈のある男の子はそばを通る時、どういうわけだか、跳び上がって、職員室の中をのぞこうとしたものである。

中の様子が見えるとも思えないのだが、何しろガラス窓の集合する建物というのは町内でも特別な場所で、当時、男先生たちは海軍の軍服に似た詰め襟の制服を着ておられたし、跳び上がって、見覚えてもらいたいとでも思っていたのだろうか。

高学年になると一斉に窓拭きの日があった。低学年であった私は、それがたいそう位の高い掃除に見えた。水俣町立第二小学校といった。

ここは別に鮮烈に思い出されるのは、教師になって二度目の赴任先、山里の葛渡《くずわたり》小学校である。終戦後でわたしは十九になっていた。市内からいま車で行けば二十分くらいだろうか。その頃、山野線というローカル線があり、駅まで歩いて五十分、ローカル線で三十分くらいかかって通勤していた。

前任校でもそうだったが、村々は飢え、児童たちは衣服も靴もなく、雪の降る日に登校してくるのを見れば、敗れた肩の地膚に雪が降り込み、素足に、すり切れた藁草履をつっかけてくる。ボタンもないらしく縄の帯をしめている児らがいた。

教室に暖房などもちろんなく、「霜やけ」にかかった素足をふるわせ、どの児も青い顔である。ガラスのない窓から無情な氷雨が降り込み、机を片寄せて授業をしたこと幾度か。よくもこんなぼろ学校に登校してくるものだといじらしくて、板書をしながら涙をこらえていたものである。

あの頃の児童らはもう七十近くになったろう。村には小学校を修繕する予算もなかったろうし、兵隊にとられて人材もいなかった。

わたしの通った第二小学校には人情ぶかい用務員の小父さんがいて、トンカチを片手に児童に話しかけながら、器用に窓の修善などもしていたけれども、山里にはそういう小父さんもいなかった。アフガニスタンあたりの児童の映像を見る度、わたしは終戦前後の悲惨を思わずにはいられない。

校内一の暴力少年がいた。この児がところどころ残っていた十五、六枚ばかりのガラスを、一つ一つ、椅子を振りあげてたたき落としたことがあった。ある先生に反抗したのだそうで、大騒動だった。

次の年受け持ってみると、これがめっぽう人なつこくて、まるで咽喉を撫でられる黒猫の風情であった。時々見せる孤独な表情に胸うたれ、家庭訪問してみると、父親は戦死、母親はゆくえ知れずだと、腰の曲がった老婆と老爺がわたしの手をとって泣いた。あの草小屋も崩れ果てたろう。

豚革の靴

腕時計を持たなくなってから、四十年以上にもなろうか。あんまり不自由も感じない。

十代の終わりごろ、自分の働きで買った時はたいそう嬉しかった。今はそんな言い方はしないけれど、代用教員というものになって、はじめての給料で、細長い型の、たいそうハイカラなつもりのものを買って気に入っていた。ほかに、靴屋の前を通る度に眺めていた、弟と妹の革靴を買った。

今想うと、それは豚革の靴であった。戦時中のことで、牛革の靴など見当たらなかった。念願のそれは革肌にぶつぶつがあって、豚特有の毛穴のあとだと推測されたけれども、布のズック靴さえ無かったのだから、じつに上等に見えたのだった。ちゃんと茶色に色づけされて艶もあり、戦時中の加工技術も相当進んでいたとみえる。

とはいうものの、十代の頭で考えても、どことはなしに、耐久性に不安があった。材料が豚であることは店の主人からも言われていたことだし。

「牛の革靴はですね、戦地の兵隊さん用ですからね、内地（日本内地）には出廻りませんよ。あっても、目ん玉の飛び出しますよ」

目ん玉の飛び出すほどの金を出せばあるというから、どこかにはあったにちがいない。豚の革靴だとて、わたしの給料の半分は飛んだのである。

育ち盛りの、弟の足にかかって、豚の靴のすりへり方が一日でも遅いようにと祈った。それから妙なことに、腕時計を発作的に見る癖がついた。それというのも、幻聴の一種だったのか、号令が聞こえはじめるのである。

「前へー進め、いち、にい、さん、しい」

当時は小学校にさえ、軍事教練の時間があった。高学年の男児はとくに行進させられた。いずれ兵隊になるためである。元気に手を振り、足をあげて、一糸乱れず並んで行進し、列をはみ出してはならない。

弟は並に外れて足が不器用かとわたしには思えた。心配だった。号令が頭の中に聞こえる度にわたしは腕時計を見た。早く終わらないか。何しろ豚の靴である。その豚を飼育した経験によると、整然となど、歩きはしない。弟の靴だけが、その号令に反して、ちょこまか、うろうろ、隊列からはなれるのではあるまいか。

腕時計を見ながらわたしは妄想に苦しめられた。上官口調の教員からビンタとやらを貰っているのではないか。ネジを進めたりした。軍事教練が早く終わるように。

亡き弟に、もちろんその事を言いはしなかった。幼い頃の彼の名誉のために書いておくが、学校の勉強にはあらわれにくい複雑な才能を持ち、少年哲学者で、時代の憂愁を背負っていたかもしれない。しかし子どもだったから、友達を集めて鞍馬天狗をやる時の覆面姿はじつに敏捷で、さっそうとしていた。

靴は半年は保ったろうか。さきがぱくぱくなったのを布で巻き、しばらく履いて、豚革といえども友達連中から尊敬されていたのである。

IV

明神海岸（水俣市明神町）

泣きなが原

霧の山道を通る時、必ず北九州にいらした穴井太という俳人を憶う。

久住高原の奥、地熱温泉の、母上さまの自炊宿に度々お世話になった。萩の道が美しかった。九州男子とはこのような方をいうのであったろう。主宰されていた「天籟通信」は氏亡きあとも健在である。夫人が先立たれたけれども、その看病ぶりを夫人の口から伺ったことがある。ある時こうもいわれた。

「わたしは病弱だものですから、迷惑ばかりかけてましてね、申し訳ないんですよ。化粧せんでよか、素顔でいっこうかまわんというもので、ほったらかしで、みっともなくて」

そうおっしゃってうつむかれる表情がじつに透明だった。

この穴井太さんに招かれて「天籟通信」の集まりに行ったことがある。水俣のことを話せ、とのことであった。皆様方からのご浄財を第一次訴訟派の患者さん方のため使ってほしいとのことで、有り難く頂戴し仰せの通りにした。

この方面に度々ゆくようになったのは、一つには現世から遁走したい衝動があったからであろう。その願望にもっともぴったりだったのは霧である。例によって招かれてゆくと、この地の方でやはり俳句仲間の熊谷連生坊という方とコンビで、とぼけた冗談をいいながら、迎えに来て下さるのである。

牧戸峠を越えたあたりだったと思うが、やはり仲間のご婦人も同乗の車が、濃霧に包まれた。わたしは深い幻覚の中に誘われていたが、軽い衝撃があって、後ろからオートバイが突き当たった。若い男性で、すみませんを繰り返すのに、お二人はおっしゃった。

「怪我はなかったですか。ああよかった、命があって」

双方とも、という意味であったろう。

夢まぼろしの中にはいりこんでいたのはわたしばかりで、ほかの方は濃霧をよく知っておられ、前後の車のライトに気を配っておられたのであろう。真昼のことであった。一メートル先もわからぬ霧は、車にはまことに危険である。

霧にとざされて動けなかった時、穴井さんが柔らかい声でおっしゃった。

「あのねえ道子さん、このあたりはね、泣きなが原というんですよ」

「泣きなが原ですか」

「はい」

その名は、濃くうすく流れてやまぬ霧と高原とをよくあらわしているように思えた。

何という名を、むかしの人はつけたものだろう。車内にしばらく沈黙が続いた。あの時、めいめい、何を考えていたのだろうか。行く先は冥府かとわたしは思ったものである。

二十年以上もたって、熊本の友人たちを誘って「泣きなが原」に往ってみた。かの地には高原野菜が植えられ、往時の趣はなかった。人の暮らしを想えば喜ばしいことにちがいない。

しかし一面の芒野だった昔日の地が、今も現世に生き難い人間には、理想的な冥府へゆく大切な原野の中の径だったと思える。

狐の仔が

宮崎県境に近い熊本県の清和村は、最近人形浄瑠璃でたいそう有名になった。この村の山奥に緑仙峡と名づけられた渓谷があって、数年前、車で連れていってもらったことがある。

山里の迫田はすっかり穫り入れがすみ、刈り株の匂いが車の中まではいってくる。夏の間、木々の根もとを覆っていた下草の類、羊歯やぜんまいやわらびも枯れてうち伏し、樹間がすっきり見えた。葉を落とした梢のあたりが煙っているようで、ブナの原生林のように思われた。集落と集落の間はたいへん遠い。車は曲がり曲がり冬山の匂いの中にはいってゆく。

稔り始めの迫田の間を彼岸花がかざる時期にも訪れたことがあったが、全山枯れ落ちて、様子がまったく違う。重なった下葉から苔にいたるまでうちまじりつつ発酵して、茸などが生えているのではないか。

そんな冬山の中にはいってゆくと、自分もまた一枚の枯葉になって、土に還ってゆくような安堵感に包まれる。するうち、藁を焼く匂いが漂ってきた。人里が近づいてくる。忘れていた感懐がこみあげる。

もの心ついた頃、私の町の裏側は一面の田んぼで、冬の夕方近くになると、藁を焼く匂いがきわ立って流れてきた。麦作りの準備に、虫たちを殺し灰を敷くためだったろう。

小正月が過ぎると、朝暗いうちから〝おん火焼き〟の勢いよくはぜる音と、盛大な煙が町の筋にも漂ってきた。刈り跡の広い田んぼに、家々の門松をはじめ、カマド、フイゴ、井戸などに供えたしめ飾りも、みな持ち寄って小積みあげ、火をつける。

鼻の頭が焼けそうな火勢をおそれて近寄らなかったけれど、おん火焼きのにぎわいを見るのは楽しかった。その火で焼いた鏡餅を青竹の先にはさんで、父や弟が持ってくる。邪気払いといって食べさせられるのだが、外側が真っ黒になった餅を嚙みしゃぶるのは、何ともいえぬ味だった。

青竹の燃える時の、ぽーんと爆ぜる音が、火炎の揚がっている暗い田のあちこちから聞こえてきたものだ。おん火というほどだから、新しい年のいのちの火をいただく行事で、いくら火が高く燃えあがっても、驚く者は誰もおらず、半鐘も鳴らなかった。わが庭で落葉を焚くにも遠慮せねばならぬこの頃と、何と違っていたことだろう。

夕餉どき、町の通りも野焼きの淡い煙の中で灯がともり、馬がその匂いをまとって来たように、こっくりこっくり首を振って通るのだった。

山の気配に包まれていると、こころにしまっていた遠い記憶が息を吹き入れられて、冬眠気分の夢のはじまりのごとくにあらわれる。

緑仙峡は奇岩絶壁に枯れ残る蔦の紅葉などを這わせ、人のまだ見たことのない湖に通じるという洞穴ものぞかせて、冬にはことに幽邃《ゆうすい》である。

案内の友人が車をとめて振り返り、大きな目を見張った。

「このあたりですけどねえ。狐の仔が道の真ん中に出て来て、しげしげ、僕を見てたんですよ。逃げないんです。それでしばらっく見つめあいましてね。狐もこのあたりにいるのは、すれてないいんですよ」

しあわせを笑みに含んだような声だった。いっせいに息をひそめているような声を出した。そこらに狐の仔がいはすまいか、とみんな思ったにちがいなかった。枯れた薄が一面にひろがっていた。

命の奥のご来迎

もう亡くなってしまわれたけれども、小川紳介という映画監督がいらっしゃった。「ニッポン国古屋敷村」や「牧野物語・養蚕編」などの名作がある。東北の農村にカメラをすえて、村の人たちと生活をともにしながら、撮った映画である。

普通の常識では稲は暖かいところを好むとされている。カメラがすえられた地方は、ヤマセという冷たい風が吹く。そのヤマセの中で稲がどう育つか、スタッフたちが泥田の中に入って、村の人たちと土壌の研究をする。血肉の通った学術映画という気がした。

映画というものは、大ざっぱにいえば娯楽作品を主とするけれども、こんな大まじめな農村映画を作る映画人がいるのかと、瞠目したことだった。

農村に長期滞在することで、スタッフたちは稲だけでなくて、かつて日本の農村の基幹的な産業であった養蚕業にも着目する。桑を作り、蚕も養う作業も紹介される。今はほとんど、日本の農村から消え去ってしまった情景。

おかみさんたちの手で、若々しい桑の葉が籠に摘みとられる。「お蚕《こ》さま」には光っ葉を食べてもらうんだ、という意味のことをおかみさんたちがいう。「光っ葉」とはなんと鮮烈な言葉だろう。よくよく聞いていると、朝の太陽の最初の光をあびた葉っぱを摘みとって、大切な蚕に食べてもらうのだという。その手つきと心ばえの美しいこと。光っ葉を合言葉にして広がる桑畑の情景。

むかしの農村の、特に婦人の重労働を、けして美化して考えるわけではないけれども、光っ葉をお蚕さまに、という言葉を掲げた、かつての女たちの労働を、敬意をもって賛嘆せずにはいられない。

朝のお陽さまの最初の光を尊いとする考えは、人間にも当てはまることで、ご来迎信仰が各民族に行き渡っているのでもわかる。特殊な植物や人間だけでなくて、生命あるものすべてが太陽のおかげをこうむっているわけだけれども、ことにも選ばれた光っ葉を尊ぶ心理は、生命に対する信仰が切実だからだろう。

光っ葉を考えていたら、水俣の患者さんを思い出した。上村智子ちゃんという胎児性の娘さんがいた。ご両親が常々、

「夫婦《めおと》になって、初めて生まれてきた子は宝、宝子といいますもんな」

そうおっしゃって、口もきけず、目もみえず、手足もかなわない娘さんを、文字通り宝として慈しんでおられた。親御さんのいわれることには、いちいちその表情で喜怒哀楽を現しておられた。成人のときの美しい振り袖姿の写真が残されている。

この娘さんに限らないが、人間の子どもも愛の光をあびてこの世に生を受けるといってよいのではないか。生命という生命は、意識するとしないとにかかわらず、命の奥のご来迎によって、この世に連綿と生かされてきたと思わずにはいられない。

魔法の苑

日本人の色彩感覚のなかにすりこまれている基層的な色は、稲ではなかろうか。

たとえば彼岸花を思い浮かべるとき、その背景には必ず熟れはじめた稲の色がある。里山のふもとに稲があって、それが熟しかけて、彼岸花が咲きはじめると、風景が大変落ちつく。

一本の茎がすーっと伸びて冠形の花びらが横にひろがっている形は、一見奇妙であるけれども、下のほうから空に透かして見上げると、これが何とも均整のとれた姿であることに気づく。

熊本から阿蘇路に入る道すじ、立野の田んぼの脇道に、延々とこの花が咲いているのをみて通ったことがあった。大観峰に行く途中の道でも、それを見たことがある。大観峰では背景は薄の原であった。緋の色のこの花を目印に入っていくと、萩や女郎花や吾亦紅《われもこう》や、秋の七草にみちびかれるように高原がひろがるのだが、ときどき野生の栗にも出あった。近ごろでは薄野を切り開いて。突如大根畑があらわれたり、キャベツ畑があらわれたりする。

いつも思うけれども、悠久の大地があって、そこに種があると、芽が出て、葉が出て、花が咲いて、その植物の生命が、毎年毎年実をつけることの不思議なこと。人間は黙っていても、手足が働いて頭が働いて、人工的な文明を造りだすわけだけれども、一粒の種も植物も創りだすことはできない。そういう意味で、原野も畑地も魔法の苑である。

わたしの村ではもうなくなったけれども、田んぼという田んぼには必ず田の神様をおいて、季節季節のお祀りをしたものだった。田の神様の親族に井戸の神様がおられたり、家々のなかにはかまどの神様がいらしたものだ。

今の電子レンジやテレビや電話には、神様は多分いらっしゃらない。昔の人たちが、どんなに稲を大切に思い、美しい恵みだと思っていたことか。

たとえばわたしは小さいころ、髪結いさんによく遊びにいっていた。そこには女郎さんたちが日本髪を結いにきていた。多分、お正月のめでたい髪だったと思う。前髪に垂り穂の形をしたかんざしを挿してもらって、ゆらゆらさせながら、うれしげに笑っていたまなざしが忘れられない。

今思うに、べっこうで精巧に作られたかんざしだった。子ども心にも、稲の穂であるのはわかったので、なにか意味のあるかんざしだろうと長い間思っていた。女郎さんたちの正月髪に稲穂が垂れていたのは、なんとも象徴的である。

大変立派な宗和膳に蒔絵の図柄があって、金泥で稲穂が描かれていた写真集を思いだす。日本人はよほど古い時代から稲の模様を高度な美意識で図案化して、生活の用具のなかにとりいれてきたと思われる。今、便利な生活用具がはんらんしているけれども、生活用具からしっとりした美というものが失われてきた。

日本人の感性を養ってきた稲の文化を考えるとき、そこに民族の色調というべきか、形というべきか、大きな調和と洗練があったことを思わずにはいられない。

木戸銭は、からいも

その頃、実家の段々畑を借りて、からいもを植えていた。甘藷のことをわたしの地方では「からいも」という。新蔓を四十センチくらいに切って畝を立て、やはり四十センチほど間をおき、端っこの方を植えこんでゆく。子供の頃から親がそうやっていたのを真似していただけなので、じつに簡単であったが、畝を作ってゆくのに腰が痛かった。

畑に行く時はたいてい息子を連れて行った。もうよちよち歩きを脱して、小学校に上がる前の頃である。この年頃の子たちは、山坂を上るのには親より足が早い。犬ころのように喜んで、先になっては振り返る。どうだ、早いだろ、という顔をして、どんどん上る。

畑仕事は種まきや植え付けよりは、やっぱり収穫の時が嬉しい。ひと鍬ごとに太った甘藷が土の中から出てくるのは、じつに心がはずむもので、息子も一人前の顔になり、鼻の頭に汗を浮かべて働いた。

「これがボクの、これボクの」

と一々言って拾い集め、親が掘りあげたのとは別の山を小積み上げる。子どもながら、働く喜びをそうやって知ってゆくのかと、わたしはごく単純に考えていた。運び下ろすのは親の仕事だから、天秤棒で担いで行った二つの竹籠に入れて、ぎしぎしいわせて坂道を下る。

これが何とも重労働で、上り下りするうち、肩がはれ上がった。何しろ食糧難の時代である。息子が小積み上げていた小山もさっさと籠に入れた。すると彼は、その藷におおいかぶさらんばかりになって言うのである。

「これボクの、これボクの」

「あのね、ボクのでもね、ここに置いとくとね、カラスがね、それからネズミがね、持って行ってしまうのよ。全部やる？　あの人たちに」

ぐずぐずしてるとお陽さま、沈んじゃうよ、もうすぐ空がまっくろになって、ネズミたちがどど、どうっと出てくるよ。と怖い顔をしてみせると、半分納得しない顔で、籠入れを手伝い、下り坂になるとそこはもう子供で、先になって走り下るのであった。秋の夕陽が不知火海に沈むのを親子で幾度眺めたことだろう。

後で、ははんとうなずけたが、息子が、「これボクの」と念を押し押し言ったのには、彼なりの計画があってのことだった。

まだテレビもなく、ラジオもわが家にはなかった。山の迫の小さな集落で、時々紙芝居屋さんが回って来る。すぐそばの松林の下で、何の外題だったのか、語る声が聞こえた。

拍子木が鳴って、近所の子供たちがかけ出してゆく。おや、うちの子はと思っていると縁の下で音がする。霜よけの貯蔵庫がわりにからいもを縁の下に入れていたのである。息子が頭にくもの巣をひっかぶり、からいもを二つ抱いて這い出してきた。彼はいかにも重大事をなすような様子で、両手を後ろに回し、つまり後ろ手に藷を持って、わたしに見せないつもりで、とことこ、紙芝居やさんの所へゆくのであった。

紙芝居を「見るな」とわたしが言ったのだろうか。

当時、紙芝居屋さんは、棒の笠の形をした飴をくっつけたのを、子供らに持たせていた。からいもは木戸銭がわりだったらしい。

祈り倒れる

天気予報をテレビで見ていて思う。なぜだかわたしたちは、お天気のことを挨拶言葉にしている。

「今日はよかお天気になりました」と。そしてたいていつけ加える。

「明日はどげんでございましょうね」

天気予報などなかった古代国家では、王は神に向かって雨を占った。一歩村境を出れば異族や魔物が潜伏していると考えられていた時代、雨の日はことに道路は魔界への道となった。それゆえ雨占いは王の側近の役目で、占いの甲骨文字が漢字文化のはじまりといわれる。などということを今わたしは白川静先生の漢字のご本で勉強中である。

ところで、わたしの育った家から薩摩境の山々が見える。夏の午後などその山々の上に雲がかかった。遠くで雷も鳴っている。すると隣の小父さんが出て来て、雨雲であるかどうかを鑑定したものである。

「こりゃ、降りきりまっせん。雷さんもカラ鳴りじゃ」

小父さんは空に向かって挑発するように片手を振る。天草の方角から黒雲が立ち上がって海面が暗くなると、村中が大慌てで、筵《むしろ》に干し広げた麦や豆類を取り片づけ、洗濯物を取りこんだ。

夏の雨は雨足が早い。全部取り入れてしまわないうちに、大粒の雨がたたきつけるようにやってくる。身半分濡れながらひと息ついて外を見ると、七夕さんの千代紙がだんだん重たそうに垂れ下がってきて、これぱっかりは、家に取りこむことができなかった。

今はもう住宅地になってしまったけれど、家の前は一面の田んぼであった。近所中の農家が、小さな田をそれぞれ大切にして、天気のよい日も雨の日も、だいたい農作業の内容も似たり寄ったりで、どの家の作業が、どれくらいまで進んでいるかよく分かった。

日照りの続く年など、夕立がやってきても、田の草取りをしている田からは、洗濯物が濡れようがどうしようが、みんなすぐには揚がらなかった。

ちょうど今頃の時期だと、かんかん照りの中で四つん這いになって、一摑みくらいに育った稲の苗の間から、ヒエだの水草だのを取り除いてゆくのだが、苗が丈夫に育っているほど、尖った葉先がちくちくと頬や瞼を刺してくる。

田んぼによっては蛭《ひる》まで居着いていて、臑に吸いついてくるから油断ならない。田の水は真夏の陽を吸収して鏡面のようになっている。三七、八度、あるいはそれ以上になっているだろうか。熱いのである。髪の地膚、顔、全身から汗がふき出して口に入り、汗をのみこみながら、すぐには起き上がれない腰の痛みに、どの家の女たちも耐えて草を取っていた。若いお嫁さんもお婆さんたちもである。夏になると今もあの苛酷な労働を思い出して骨が疼く。

そういうとき夕立が来ると、祈り倒れるような気持だった。涼しい風が海辺にそった集落をひと撫でしてゆくのが前触れで、力のある雨粒がざあーっと降ってくる。みんなすぐには田から揚がらない。

千切れそうに痛い腰をそろそろと伸ばし、汗でふやけている顔や胸をくつろげ、泥田の中で火照っている全身を、冷え冷えとなるまで、滝なす雨に洗ってもらう。

足許では稲がそよぎ、蛙たちが天に向かっていっせいに啼きはじめる。今の農作業は、いくらか楽になったようである。

古代の風

天気予報というのが発達して、近頃はテレビで、風の進路も雲の流れる形で見ることが出来るようになった。

明日のことまで微に入り細をうがって丁寧なのだが、ちょっと考え込む。テレビの映像で、奄美あたりの街路樹がたわんでみせても。風の音のデモーニッシュな肌ざわりは感ぜられない。

ここ熊本地方では十年ばかりの間に二度の巨大台風がやって来た。二つともとてつもない規模のもので、二度目の時は、水俣から熊本まで列車の窓からみただけでも、沿線の樹々は大木といわず稚木といわず、根こそぎ引っこ抜かれて、根元の土ながら持ちあげられていたのには仰天した。不知火町の高潮もこの時であった。

怪力という言い方があるけれど、たとえば何百年からの樹齢をもつ一本の木を、巨大クレーンか何かを使って、まわりの土ながら引っこ抜けるだろうか。そういうことはとても出来ないだろうし、クレーンの役目でもないだろうから、昔から木を倒すのには斧を使って来たのだろうと思われる。あの時の風には何というのか、吹きはじめの時から一種の予感があった。

風だけが起こしうる山鳴りというのか、魔力をひそめて山が唸りはじめるのを聴いて、わたしは息をひそめ、ペンをとめ、ぞくぞくしながら夜を過ごした。久しぶりに聴く風と山との肉声のごときものだった。

風の音、という時、ふつう、樹々のそよぐ音をいうようである。雨を伴ってくる時雨も、葉先のゆれる樹々のイメージと共にある。

地上に舞う木の葉とか、そこをゆく子供たちの素足の四季とか、視覚の記憶を次から次にくり出して、風を想うのだけれども、近頃、人膚にふれてくるような風に逢わなくなった気がする。多分、家々のつくり方や、都市型にばかりなりたがっている住環境のせいではないだろうか。美しい水辺や渚がなくなってゆくのと、木立がなくなってゆくのには、同じ理由があるのかもしれない。

山々がひと晩中唸っていた時の、はるかな古代へでも帰ってゆくようだった、あのなつかしさは何だろう。幼い頃はよく聴いて、心をゆさぶられていた風と山の声である。神さまと一緒に住んでいた頃の、遠い遠い世界に戻ってゆくような、鳥もけものも、妖怪たちもまだ十分にすこやかで、人間とその精を、いつでも交換しあっていた時代に戻って、自分も唸り声をあげながらのびのび遊んでいる、そんな気持ちだった。

しかしまあ一夜明けて、あたりの惨状には驚愕した。わたしの家は海のそばで、水俣の患者さんと集まりをもつ百間埋め立て地は、もと海の上だが、その双方に大波が幾重にも来た跡が歴然と残り、どこの山から来たのか根のついた真新しい流木や古い巨木が、うず高く散乱し、患者さんの家のアコウの巨きな神木は立ち割れてしまった。私たちはその惨状のものすさまじい月夜に、長い長い祈りをしたことだった。

下駄や、仏さまがぷかぷか

岬では潮の寄せる音と、山を伝ってくる風の音が交互に聞こえる。風の来る前には、潮の寄せてくる匂いがとくにきわ立っていて、その音が好きなものだから、わたしは心がせき立てられる気持ちになってそれを聞きにゆく。今は海岸道路が出来ているので、ちょうどよい道のりになったが、幼い頃、そのあたりは丈の高いヘゴ（ウラジロ）山で、細い固い茎をかきわけながら、けもの道を往ったものだった。

水俣の町から小一里ぐらいの山だろうか。それほど遠くはないのだが、中にはいりこめば、深山という気がしていた。

嵐の前に山の呼ぶ声をきくのは年をとった今でも変わらない。あれはいったいどういうわけだろうか。少し魔性がかかっているけれど妙になつかしく、その声に呼ばれると、躰の奥の方から身ぶるいが出てきて、ひょっとすると自分は山姥の性ではあるまいかと思ったりする。

何年前だったか、不知火町が大被害を受けた台風の時だった。嵐の前の静けさに気押されて、ただごとではないと感じていた間に、圧倒的大暴風雨が襲来した。あの時、山なんかにうっかりはいっていたら、どうなっていたことだろう。そのことを思い知らされたのは、台風の通った次の日、車で国道三号線を水俣から北上し、熊本入りをして、道のべのすさまじい景色を見た時である。

見渡すかぎり、家々の屋根で満足なものはなく、瓦が片側すべり落ちるか、ところどころ吹きとばされ、庇という庇は遠目にもこわれ落ち、どこかの旅館の看板が、不似合いな小屋の壁にはりついて、めりこんでいた。

いちばん愕いたのは、大樹といわず、稚な木といわず、吹き折れているか、地中の土ながら持ち上げられて、根元ごと浮き上がっていたことである。

直径二メートルはあろうかと思える神社の樟の根元が、一旦は土をつけたまんま空中に持ち上げられ、どさりと地面にたたきつけられたかのような姿で、傾き倒れているのを見ると、山姥の血すじだなどと軽はずみに思っては、はり倒される、とぞーっとした。

そして、幼年の頃に体験した高潮のことを思い出した。わが家が没落して転宅した最初の年だったので、とくに印象が深いのだが、移り住んだ家は、水俣川の川口であった。ちょうどお隣のおばあちゃんが亡くなって、嵐が来るからと、お通夜の客たちも早めに帰られたという話を、大人たちがしていたのを覚えている。

嵐の来る前はどこの家でもとんとんと、釘を打つ音をさせるものだが、それも鳴りやんで睡りについた。高潮はふいにやって来た。寝ている畳が布団ごと浮き上がったのである。

両親や隣の人たちのただならぬ声がしていた。

「あれあれーっ、仏さまが布団ながら流される」という。動く畳の上から眺めると、目の前に〈おくどさん〉や下駄や、鉄鍋がぷかぷか浮いている。遠く近くで人の叫ぶ声がしていたが、ひどく無力に聞こえた。

仏さまが布団ながらというのは、亡くなったおばあちゃんのことだとすぐわかった。寝る間、親に連れられ手を合わせに行き。、死顔を拝んで帰ったのである。

わたしのいる畳の上にお位牌を乗せ、鉄鍋を乗せ、弟のいる畳に下駄をかき集めて、親たちは表戸を持ってゆかれぬようとり組っていた。高波ではなく、じわぁーと来た高潮だったが、畳が浮くほどになると、家の中はめちゃくちゃになる。

流されかかった隣の仏さまはみんなで「取りとめ」、とにもかくにも次の日お葬式があった。霊柩車も何もない時代、足許をぐちゃぐちゃで、女の人たちも和服の裾をからげ、はだしであった。「無常の日のお握り」が子供たちに配られた。あの非常時に、おくどさんが無時だったどこの家が、ご飯づくりを受けもったのであろうか。

テレビの反乱

台風の行方が気になって、テレビのスイッチを入れた。映らない。ガーガーと異様な音がして、どの局を呼び出そうとしても一様に黒白の波の光のようなものがぎらぎらしているばかり。気を落ちつけてしばらく考えてみる。

ひょっとしてテレビに、あのウイルスというやつが入りこんだのではなかろうか。まてよ、ウイルスというのはテレビではなくて、コンピューターに入りこむらしい。テレビに入りこむ方法を発明した者がいるのではないか。

わたしは、天気予報を見るのが大好きである。高気圧と低気圧が上がったり下がったりするのにはらはらして、それが結構精神の運動になる。全国一斉にテレビがつかなくなったら、全国パニックになるだろう。実際に今、わたしはパニックだ。

親しい友人に電話をかけた。

「そりゃわからないですよう。電器屋さんにでも聞かなきゃ」

なるほど電器屋さん。まてよしかし、その電器屋さんがもらしたことがある。

「まあお客様もいろいろいらっしゃってですね、スイッチを押しまちがえて、来てくださいとおっしゃる。三十分も車で駆けつけていくこともあるんですよね。パンフレットを見るなりして、ほんのちょっとでも基礎知識を頭に入れてもらえればいいのですがねえ」

笑ったけれども、今度はわたしがいわれる番だ。さてしかし、説明書もどこにしまいこんだかわからない。さっきの友人の家ではテレビは立派に動いているとのこと。日本全国、テレビがウイルスにやられたと思いこんだのは、いつもの誇大妄想かもしれない。

誰か来てくれないかと立ったり坐ったりしていたら、運良く、知り合いの記者さんが飛びこんできた。真っ先に、テレビが壊れました、と口走ってしまった。ちょうどそのとき、F出版社からファクスが入りかけていた。テレビの部屋に飛びこんだ記者さんは、ファクスも赤信号が出ているのを発見。汗だくで、二つの器材と格闘して、直していただいた。

ウイルスを思いつく前にちらっと頭をかすめたのは、この三日ぐらい、熊本の上空で稲妻がどろどろと大雷鳴をとどろかせたので、三日分の雷さまがテレビに来たのかしらと思った。昔は魔界から来る鬼神とみんな思っていた。

わたしの母は雷さま恐怖症で、遠くでごろごろいいはじめると、顔色を変えて蚊帳を張り巡らしたものである。子どもたちを呼び集め「真ん中においで、真ん中においで」といって、蚊帳の四方を見わたし、すぐそこに異界のものが忍び寄ってでもいるかのように、おびえた顔で子どもたちを抱きよせた。わたしはどちらかというと雷さまが嫌いではない。おびえている母のそばでうれしげな顔をしていたものだから、母は深刻な表情で、「うちの村の人は、雷さまに打たれて、死んなはったっぞ」としかりつけた。雷が鳴るたびに、母の真剣な顔を思い出す。くだんの友人に念を入れていわれた。

「まあ、あなたは、あちらの系統のことはまるでダメな人と、みんな知っておりますがね、テレビにウイルスが入ったなんてヘンなこと、人前でおっしゃらない方がいいですよ」

V

明神崎（水俣市明神町）

乳呑み子のいる家

私の家には猫もいろいろ居ついたが、中に子育て上手の太郎がいたりして、名前の通りこれは雄だった。

さて、もう二十年くらい前、わが家から養子に出した子猫が、「よか猫になったので見に来ては」と誘われたので、どうなったかと見にいった。鹿児島県境の農家の主の掌に入れられていってから、三年くらい経っていたろうか。白毛の多い三毛だった。谷間に近い山坂に建てられた一軒家である。

奥さんは顔を見るなり、猫の名を呼んだ。

「おたあ、おたあ」

わたしの妹が無理の猫好きで、彼女の名にちなんで「おたあ」とつけられたらしい。「ごろにゃあ」というような声で出て来たおたあは、玄関前の土手にころがった。あっと思うほど迫力のある悪太郎ふうに育って、りっぱな「よか猫」である。

「ほら、来らしたよ。人間なら挨拶すっとですばってん」

　奥さんは猫の頭を下げさせては恐縮した。

「ちょうどまあ、さかりの時で。この頃は彼女探しに、薩摩の方にばかり行くとですもん。お宅から来た時はまだ、乳飲み子でしたがなあ」

　たしかにまだ乳呑み子で、目もあいているかいないかだった。わたしたちのことなどもちろん忘れた顔になっている。

「うちに生まれた乳呑み子が死んで、親が気の狂うたごつなりましてなあ。ご飯も食べずに寝もせずに、啼いて啼いて、探し回ってよろよろしとりましたもん。このままじゃれば、親も死ぬばい。道子さん方に、子ぉの産まれとりゃせんじゃろか。相談して貰うて来てくださいち、お父さんに頼んで、おかげさまでした」

　人なつこい笑顔でその人は言った。そういえば、

「乳呑み子の死んだもんで」と「お父さん」は切り出し、「あれ、よう似とる。

これがよか」と選り出して掌に乗せ、連れて行かれた。

「ちょうどまあ、よう似とったもんで、すぐもう親子になって、可愛がりましてなあ。おかげでこげんなりましたが、この頃ちっと、ドラの気も出て来たごたる。外に出ては、怪我ばっかりして来ますと」

奥さんの京子さんは耳のところをちょっと見て、「薬じゃ薬」と言いながら、抱きあげて家の中にはいった。

「薩摩に彼女探しに行く」ようになってから、十日も二十日も帰らぬことがある由で、太って帰ってくるそうだ。あちこちでご馳走になっているにちがいなく、耳の傷は「彼女」をめぐって向こうのボスにやられたのだろうと主の田上義春さんがいう。

この家には、猪たちが瓜子を入れて八頭、猫八匹に犬三匹、近頃迷いこんで来たという犬は、おたあと替わりばんこに奥さんの膝の上に乗り、お腹をひろげてあまえていた。どれも毛の手入れなどはされていない。そんな暇はこの家にはない。

主は重度の水俣病である。猪たちは山から遊びに来て、主がしつらえておいた誘導路を通って、猪小屋にはいりこんだ。夫婦が畠仕事で移動するあとを、この生きものたちがぞろぞろついてまわり、飛んだり跳ねたりしていた。家畜というより、一家という趣であった。

「これたちが居らんごつなれば、さびしかなあ、畠にゆく時、乗ってゆくこともありますもん」

「あ、牛にですか」とわたしは言った。そう言えば牛もいたのである。

「いんえ、猪に」

無邪気な顔になって京子さんは目をぱちぱちなさった。

「たのしみも、いろいろあっとなあ」いつものとぼけたような口調で義春さんが言いそえて、私はとても牧歌的な気分だった。

田上義春さんはその後みるみる重態化して口も不自由になり、帰らぬ人となった。

束の間あった至福の世界を憶えば無念である。

猫ロボット

外は春らしいと思いながら、仕事机兼、掘りごたつにかじりついている。夜が明けそうな頃になると、幼い鶯がやってくる。舌もまわらぬ声で鳴こうとして懸命なのがいじらしい。

ホウホウ、ケキョキョとやりそこなって、羽ばたきの気配がすると、藪の中に落っこちたのではないかと窓を開けてのぞいてみたりする。三日たち、四日たちするとよくしたもので、じつに音色秀麗なホーホケキョを唱うようになる。今年のはことに愛らしくて、ウィーン少年合唱団のソリストを想わせる声だった。

必ずといってもよいが、初鳴きがなめらかにいった時には、自分でもよほど嬉しいとみえて、たて続けに鳴いてみせる。人が唱うようになったわけの一つに、鳥たちの声が先にあったからかもしれない。今もその無心な声に励ましを受けるのだから。

じつにうっかりした話だけれども、わたしは鶯は庭の鳥、あるいは里の鳥だと思いこんでいたらしい。久住山の谷間を通った時に、朝ではなかったが、あちらこちらの木陰から、幼鳥、成鳥含めてたくさんの声でのびやかに鳴き交わすのに出逢ったことがある。全体の指揮をとっている鳥がいるように思えた。

鶯の生態を全く知らないけれども、この鳥のフンを集めて洗顔料にすると、美白効果があると信じられて、糠袋に入れ、湯屋に持ってゆく美女の浮世絵を昔みたおぼえがある。フンを集めていた人々は、その生態や生息地を知っていたのだろうか。

この稿に門出という題を与えられてまっ先に思い浮かんだのが、幼い庭の鶯の初音といま一つ、「二足ロボットだった」。鶯は春告げ鳥で、永遠への夢をよみがえらせてくれる。

二足ロボットの出現には人間界の寂寥が背後にあって、おっ、とうとう出来たか、しかし鉄腕アトムにはかなわないなあと思ってしまう。アトムは初々しさとともに、人間の未来の悲しみをも先取りして、あの愛らしさがもの悲しい。

二足ロボットは関節を持っているそうだ。「主」を識別し、将来は介護も出来そうだという。

むかし犬を飼っていたけれども、番犬の域を脱して吠え立て、善き人に飛びかかって以来、恐縮のあまり飼わなくなった。猫に勝る家族はいないのだがと、散歩の時、つい子猫の姿を探しかけ、諦める。資料を部屋中積み上げて仕事をしているからだろうか、折角なついていた一匹に家出されてしまった。外で交通事故に遭ったかもしれない。

猫ロボットが出来て、一万円くらいだったら買おうか。これもひょっとしたら家出するだろうか。

猫エプロン

「石牟礼ミョンちゃん」

と看護婦さんが呼ぶと、猫は窓口の方にきりっと顔を仰向け、「みゃん」といって返事をした。

黒い鼻すじがすっきりとのびて、ピンクがかった白い口許だから利口にみえる。あんまり躾のようなこともしていなかったのに、ちゃんと返事ができて、恥をかかなくてよかった。なにしろまだ書かない猫小説の中から来てくれたのである。

出がけに、白いお腹を撫でてやりながらわたしは言った。

「お前は利口だからねえ、きっと上手に赤ちゃんを育てると思うんだけれど、飼い主が甲斐性がないもんでごめんよね。赤ちゃんが産めなくなるのよ。お前を産んで育てたおっかさまに、申し訳ないような気がする」

何かしら言い聞かせをしないことには、生まれないことになる子猫たちの後生に対しても悪い気がした。そう思ったら、猫嶽の方角からミョンのご先祖さま方の声がしたのである。

「白黒や三毛やトラの可愛いのが生まれたらね。ほら、思うただけでもう、愛らしゅうしてたまらんじゃろ。歩きはじめたら、お前は、うーばんぎゃあ（肥後弁で「大まかな」の意）じゃから、踏んづけるぞ。親と思うて後追いして来たら、どうするかえ」

すこし威迫するようにいったのは一番年かさの婆さま猫で、白と灰色のブチだったが、ひょっとすると、ミョンの曾婆さまかもしれないのである。

草むらのあちこちから色も顔つきもちがうご先祖さま方の頭が出て、青や銀色の目でわたしとミョンを見つめ、何やら相談している。

「だったらね、カンガルーのお母さんに見習うて、あんたのエプロンにポケットばつけなはり。ちゃんと刺繍ばつけて」

次の年かさのお婆さん猫がぐるりと回ってみせた。エプロンのお腹と脇にポ

ケットがついていた。そしてこのエプロン猫がいうには、

「あたしもね、ほらこのポケットに、養うとるよ、モグラの子じゃけど」

養っておいてまさかお八つにするんじゃないでしょうねと思いかけたが、あたしだって、ブタの肩のあたりのロースに、じかにかじりつくわけじゃないけれどと気がひけてきて、猫の食べ物に口出しはすまいとやめにした。

猫エプロンのポケットがもこもこして、モグラの子は元気らしかった。

それで連想したのだが四、五日前、ミョンが雄猫のなき声を聞いて後ろ脚だけで立ち、ペンギンの姿でよちよちついて行こうとしたのだ。わたしは押えて外に出さなかった。友人たちに相談した。ヒニンヒニンと友人たちが言った。

わたしは猫のご先祖さま方に言った。

「ポケットつけます、エプロンにもスカートにも、刺繍つけて」

顔をあげたら猫たちは消え、阿蘇の名花ヒゴタイが五、六本、しゃらしゃら風にゆれていて、夢がさめた。

ミョンは手術を受けた。お腹の毛を刈りとられたあとの、ピンクの地膚に、未成熟な愛らしい乳房がぽっちり、四つついている。

ミョンの赤ちゃんとは逢えなくなってしまったが、ご先祖さま方とはまた夢で逢えるかもしれない。

それにしても、ミョンの曾婆さまから申しつかったポケットだけでもつくらないと悪い気がする。将来、猫小説の中から何匹、小さなのが出てくるかわからない。セーターの虫くい穴やシミの上に小花でもあしらって、ポケットをつくっておこう。

花扇

猿はああいうとき、どういう気分なのだろうか。

「ほら、お客さまにご挨拶しなさい」

猿まわしのお兄さんが、お猿の学生帽子をちょんとたたく。猿は片手で帽子をぱっと外すとほうり投げ、上目を使ってよそを向く。お客がどっと笑う。すねた様子がいかにも利かん坊のようで愛らしい。

「どうもこいつは、親元をはなれとるもんで、躾の悪うして」

とお兄ちゃん。

「お前、この兄貴に恥をかかすつもりか」

お客は爆笑し、「兄貴」が綱をひっぱると、赤いちゃんちゃんこのままひらりとその肩に乗るや、兄貴のベレー帽を自分の頭に乗せた。

小さい頃に観たサーカスの一コマだが、間というものを外したりつないだり、猿の習性をよく生かした楽しい芸であった。芸をしない時の猿くんは綱をちぢめられ、柱につながれて、小屋に入れない子供たちが落花生などを差し入れていた。

上手に皮をむいて食べるさまが興味つきなかった。けれども、目が合ったりするとどきどきして、きまりが悪かったのは、人間に似ているからだろうか。

悪い見物人もいて、ラッキョウ漬けを投げてやったりした。猿が一枚一枚皮をむく。ラッキョウはそのたんびに細くなってゆく。落花生のような実はとうとう出て来ない。いちばん最後の芯が出てくるところで、どういう顔をするか。

それであの酢漬けが使われたらしい。二粒くらい芯までむくと、三粒目はなめて見て、あっさり口の中にほうりこんだ。子供たちが手をたたく。小父さんが出て来て叱った。

「お前ら、この字が読めんか。落第坊主どもが」

——サルくんに、たべものをやらないで下さい。腹下します。

板ぎれにそう書いて、かたわらにぶら下げてあった。

小父さんはふうっと息を吐き、目と歯をむき出し、爪ののびた両手の指を猿そっくりにひらいて、摑みかかる真似をした。子供たちは気をのまれ、後ろ退さりしたが、なかなかサーカス小屋の前から離れない。小屋の中で何の芸をやっているのだか、ぷうわぷうわとトランペットが鳴っていて、目の前の垂れ幕が、時たまするすると上がり、一瞬だけれど客席と舞台の有り様を見せるのである。

馬に乗った美少女や、棒切れまわしや、大きく揺れるブランコや綱渡りなどがちらりと見えた。猿は何匹かいて、どれが人気者なのだか、その時はラッキョウをむいていたのとはちがうのが、烏帽子をかぶり陣羽織を着て、今しも竹馬に乗ったところだった。その猿は鼻筋に白粉を塗ってもらってて、小屋の柵にしがみついている子供たちに、どうだ、というような顔をして、花扇をかざしてみせたのである。

幕はたちまち下りて、客席のどよめきが聞こえた。花扇のかげでりっぱな侍顔であった。

神さまのお楽しみ

明けそめた川土手を歩く。満潮で、海からの風に川波がけば立ち、水の面がまだ黒く見える。

土手の斜面の野茨、つつじ、桜など、花を終えた草木の新緑が、青みをおびてくる空の下で露をまとって目覚めつつあるのがわかる。

そんな灌木の下でくぐもるような鳥たちの声がして、よく見ると鴨と家鴨がひとつ所に集まり、真ん中に大きな鵞鳥が一羽、白い首をのばしながら、ゆっくり歩いていた。まるで一家の主という趣で、みんな草をつっついて食べながら輪になって少しずつ移動している。

違う種類の水鳥たちが陸に揚がって一緒に食事をしているのをはじめて見たのだが、家鴨と見たのは鴨かもしれない。野鳥の研究家の見方はちがうのだろうが、和やかで楽園の鳥のように見えた。

思い出したことがある。まだ三つくらいの頃、近くの小学校の水辺に鵞鳥が七、八羽いて、長い白い首をゆらゆらさせ、お尻を振って歩いているのを眺めるのが好きだった。ある日、いつの間にかその隊列の中に入ってあっちゆきこっちゆきしていた。探しに来た母がおどろいて鵞鳥たちの中から引っぱり出したが、そのあとしばらくわたしは、首をくにゃくにゃさせ、お尻を振って歩いていたそうである。

鵞鳥を見るたびにそのときのことを思い出すのだが、あれは、どういう気分というべきだったろうか。水辺で顔をうつしてみると、もちろん人間の子の顔をしている。がっかりしたような、安心したような、落ちつかない気分であった。

おおげさにいえば、何か一生かかってもかなえられない願望を幼稚な胸に宿してしまったようなといえばよいだろうか。というのも、鵞鳥というのは、歩く姿がどこかしら不恰好である。啼き声からして風情というものがまるでない。

子供心にそんな判断が出来るはずもないのだが、その不恰好集団の中にはいりこんで、「鵞鳥のつもりになっとった」と母に言われたのには、わけがありそうで、遠い遠い、手ぐり寄せることも出来ない記憶の中にそれは浮かんで、すぐに消えるたぐいのことかと思う。

空と水との間に浮かぶ鳥に本当は憧れながら、不自由そうに地上を歩く鳥になら、なれそうだと思っていたのだろうか。

つい最近だけれども夢を見た。地上から二十センチばかり浮揚して、歩かずにすいすい移動して東シナ海を渡り、天山山脈をも越えてどこまでもゆける夢で、醒めてからもたいそう嬉しく、飛行術を会得した仙女の気分になっていた。

さっそく寝巻きのまま中腰になり、畳の上から飛翔を試みた。夢と現実はがらりとちがい、一ミリも浮揚しなかった。ようし、いつか必ずや、とわたしは想った。そのうち仙女になれるであろうと。

あけ方の仕事場で笑いこけながら、「久しい願望だものね」と自ら慰めた次第である。

生物進化の過程の記憶が、たとえば鳥になってみたかったという夢になって、わたしの中にも封じこめられている。鶴でもなく白鳥でもなく、羽毛が白いだけがとりえの、口許の頓狂な鵞鳥になってみたいと幼児が思ったのは、生命を仕分けする神さまからの、気まぐれなおくりものだったかもしれない。

大地の眸

夢のさめぎわにいつもおもう。

現実と夢の間には、橋がかかっているのだろうか、みえないそこを渡って、今という時間の中にどうやって、戻ってくるのだろうか。

はるかなはるかな時間の奥へ往っていたはずなのに、一足とびに目が醒める。

人はみな魔法をかけられているかの如くに、想像を絶する場所や事柄に夢の中で連れてゆかれる。見えない扉をいくつも持っているらしい。

いったい誰がその扉を開けてくれるのだろうか。こわい夢、なつかしい夢。見たこともない世界が展開して、見知った人も、見知らぬ人々もあらわれ、思いがけぬ物語がくりひろげられる。自分もその中の一人物としてまじわっている不思議さ。

昨夜はこうだった。はるか彼方に夕昏れ近い山脈が見えていた。夢のはじまりはいつも鮮明な色の映像からはじまるので、意識の片隅で、ああこれで睡れるという想いがある。

山襞《ひだ》の稜線は金色で、その山々の大きな影のさしているこちらの平地も、わりとおだやかな植生におおわれて、キダチアロエのような、トラノオのような、葉先の尖った亜熱帯風の植物が丈夫そうに育っていた。

おやとおもったのはトラノオの葉先の下に、「大地の眸《め》」が睡っていて、その眸が今しも、ぱっちりめざめたことだった。ごくごく昔から知っていたもの同士のようにわたしたちは視線を交わした。

巻き睫毛《まつげ》を持った大きな、眸であった。トラノオの全体よりも、「大地の眸」の方が大きかった。さざ波の寄せてくるような親しみをあらわして、地面の上にみひらいているその眸は、黒や茶色というより青に近く、ひょっとすると、宇宙に向きあっている湖かもしれないな、と一瞬思わせた。巨大といってもよい眸だったので、気味悪そうなものなのに、女っぽくて可憐なのが不思議である。わたしは挨拶した。

「まあまあ、今夜もごくろうさまでございます」

「あなたこそ、遠いところをいらしていただいて」

「いえいえ、大地の眸、というお役目は、人間未生の以前からでしょうしねえ。いつまでも若くていらっしゃいます」

「まあね、朝《あした》の露も夕べの露も、いただいていますのでね、草や木たちに、天体の運行を教えたり、天気占いをしてあげられるんです」

そういうと彼女はまた湖のような瞳孔の中にさざ波を寄せながら、向こうの丘の薄っ原の方になよなよっと躰をゆらし、山姥の姿でこちらを振り向いた。

「薄の穂でね、貫頭衣が織れたら、仲間に入れてあげますからね」

顔はいつの世の顔かわからないほどだったが、なんともいえない深々とした眸の色と、声の響きに心をとらえられた。

「おいでなさいよ。ここらは、人間未生の世界ですから」

その声の余韻に包まれながら、今夜も睡れると安堵した。そして、人間未生の世界へと出かける気持ちになる。不眠症であるとはいえ、こういう夢に助けられて、とにもかくにも睡れるのはありがたい。

視るだけの人

あまりの暑さに、秋風が吹いて来ないかとテレビをつけたら、「世界ウルルン滞在記」という、若者が色の黒い人たちの村へホームステイに行く番組をやっていた。

村の男たちは百姓のかたわら、黒檀の木で見事な彫刻を創る。その発想は、村人が毎夜見る夢の中の、導きの妖怪だそうである。

当たり前かもしれないが、村人たちは夜になると早々と眠り、お陽さまとともに起きる健康な生活をしている。

彫刻を見た若者は「彫り方を教えてください」と家の主に頼む。若者を迎えた家の「お父さん」「お母さん」も村の人たちも、若者の入村を珍しがり、喜んでいることがうかがえた。

お母さんたちが、粉を練り上げて蒸したような主食と、干し魚を煮た一品限りのおかずを地面に置いて、腹いっぱい食べよという。

女、子どもから年寄りまで、裸の村人たちが、若者の一挙手一投足をしげしげと見つめて、その家になじんでいるかどうか、慈しみ、気遣っている表情が、画面を見ていて惻々と伝わった。

村人たちの夢に出てくる妖怪シェタニというのは、精霊とか霊魂とかに相当するものだろう。

「お前の今夜の夢に、シェタニが出てくるから、その夢に従って彫りなさい」とお父さんはいう。ところが若者は「眠ったと思ったら、もう夜が明けて、夢を見なかった」という。

三日も続けて夢を見ない夜が明けた。お父さんも村の人も、そのことにたいそう驚き、不思議がり、村中がひそひそ悩み始める。

お父さんは
「焦らないように。夢が来ないうちは、のみを持つな」

といい聞かせる。実にものやさしい深々とした表情だった。

　若者の顔に焦りが見え、「今夜から彫ります」などと口走る。お父さんは「夜はシェタニが夢に来るのを待って、眠るものだ。夜に仕事をすると悪いシェタニの餌食になってしまうぞ。村はそうやってきたのだ」とさとす。

村の人たちも、よいシェタニが来るようそっと見守っている様子だった。私は見ていて反省した。だいぶ、その悪いシェタニに魂を喰いとられているかもしれない。

黒檀の木を切るときに、裸の男たちがひざまづいて木の神さまにお祈りをする。

「切らせていただいたあとも大切にいたしますので、お許しください」

鋸を当てて挽くところからじつは彫刻が始まるのであった。村の聖なる共同神事ということで、一つひとつの作品が芸術品として生まれていくわけがよくわかる。

わたしたちは美術館で現代彫刻や絵画を見たりするけれども、この肌の黒い人たちのいる奥地の作品を、未開人の手になるものと見なしがちである。しかしこのことは、わたしたちに、地域の伝統的な生き方の中に表現の現場があることを教えてくれる。

この村にはテレビもなければ書物もないが、わたしたちの文明と比べて、魂の純度がちがう。わたしたちは人間にとって、いちばん大切なものを忘れてやしないか。忘れたことすら気がつかないでいるのではないか。ただ視て笑うだけで、聖なる人たちの中にはいる資質をうしなっているのではないか。考えさせられた。

心の宇宙へあと戻り

昔、筑豊の上野英信ご夫妻をお訪ねするのに列車に乗った。熊本駅で乗り換えたのだがなかなか目的の駅に着かない。鈍行の時代である。

聞きなれない駅名が次々にあらわれ、様子がおかしいと思っていると大きな駅に着いて、「小倉ぁ、小倉ぁ」と言っている。これはいささか方角がちがうのではないか。不安になって車掌さんに尋ねた。

「中間《なかま》？　中間は通らんですよ、この列車。ゆく先見て乗ったですか」

あらぁと思ったが外は昏れはじめている。車掌さんは不思議という顔をして心配してくれた。その頃私はまだ若かった。

「まあ仕様のなか、門司まで行ってですね、そこで、よぉく中間にとまる列車をたしかめるんですよ」

熊本駅では反対側に止まった列車に慌てて飛び乗り、行く先のことは頭にないわけではなかったが、間に合ったことで安心し気にはとめなかった。乗り込みさえすれば、行きたい所へ連れて行ってもらえるとでも思っていたのだろうか。

今のように列車の中に電話もなかった。上野家ではサークル仲間が集まり、わたしが到着しないものだから、捜索隊を出そうかという話も出たらしい。しかしご夫妻が、

「あの人は、自分でもどこへ出没するのか知らないんですよ。今にどこからか現れますよ。酒でも飲んで待ちましょう」

そうおっしゃって、半ば心配、半ば楽しみにお待ち下さっていた由である。

夜中すぎ、尋ね尋ねて、わたしはやっとたどり着いた。

「とにかく無事でよかった。仮に道子さんが指名手配にでもなったとしてみなさい。警察もはぐらかされますよ。何しろ当人がどこへ向かっているのだか、自覚がないんだから」

英信氏はそう言って皆を笑わせた。

ボタ山の裾野を案内して下さりながら、花時になっていた背高泡立草のことを、英信氏は、

「これはね、アメリカ帝国占領草というんですよ」

とほほ笑みを浮かべておっしゃった。なるほどその草は、一、二年もたたぬうちに、熊本、水俣、鹿児島へと鉄道沿いに南下し、長崎、天草などでも見られるようになった。

今や秋の風物詩めいて、日本産の薄などの中に割りこみ、黄色い花を咲かせている。それを見る度に、もの哀しい気分になるのは、亡くなられたご夫妻のご厚情があらためて胸にしみるからである。

さて、生身には何とはなしに目標があって、そちらへ歩いてゆこうとするのだけれど、わたしはどうも生命の源を探していて、ありし昔へあと戻りする傾向がある。それゆえ現世へはお義理で出て来て、ふだんはすっぽりあちらの方で夢見ていると言った方がよい。

死せる人たちとの対話が多いのはそのせいで、ことにも祖母と母のあとをい

まだに慕ってとぼとぼ歩き、足のある幽霊のようにさまよい出てくるものだから、しばしば人さまとの会話がちぐはぐになってうろたえることになる。

そういう自分を腑分けしてみると、心の世界をあちこち往き来しながら、かの宮沢賢治さんが言った「宇宙の微塵」になりゆくのだと思う。

あっちから

動物学者コンラート・ローレンツ氏は灰色ガンの卵が雛にかえるのを観察していて、頭を出した雛と目が合ったばかりに、その雛から、生みの親だと思われてしまったことを記している。

脚もまだよくは立たない生まれたての小さなのが、観察場所を離れようとする「親」を後追いして必死に啼き立て、片時も離れまいとする。ベッドの上で押し潰さないようさまざま工夫する博士の姿にはほろりとさせられ、さまざま考えさせられる。

自分の度し難い方向音痴や、世間知の欠落を思う時、右のことと思い合わせ、思考の母胎からのほぞの緒が、切れてしまう、という不安があるからではないかとおもう。

まさか自分の親を見誤ったわけではないけれど、いくつか、いやいや無数の思いこみをわたしは抱えこんでいて、容易なことでは訂正がきかない。木綿をコットンと言いたくないとか、ご飯をライスと注文する若い声をきくとうらさびしくなる。

汽車に初めて乗ったのは十五の時の修学旅行で、鹿児島の霧島に登った。水俣駅から、今はなくなった山野線を通って、ほとんど谷間ばかりを行く車両で牧園という駅までゆき、後は歩いた。半日ばかり歩いて大へんだったが、山の壮大さと若かった気分が残っている。

水俣駅では鹿児島本線が一本、北は熊本方面へ、南は鹿児島方面へのびている。さらに短い腕のようなぐあいに、北薩摩へ入りこんで、くだんの山野線があるのだった。

この単純で牧歌的な鉄道のイメージが乱気流に破壊されたごとくに解体されたのは、東京へ、さらに足尾銅山へと足をのばしはじめてからである。まったく東京駅ときたら、線路が無数に交錯し、どの線がはるばる水俣から来たのだかはっきりしない。なるほど到着ホームがあってひっきりなしに列車が発着しているが、草をはべらせて南と北へしかゆかない鹿児島本線が、少し気の利いたような様子をして延びているのとは、趣がまるでちがう。

足尾銅山へゆく途中、東京駅でどんなふうに乗り換えたのか、上の空だった。ひたすら水俣のことを考える手がかりにしようと、鉱毒事件の痕跡の残る山谷へ一人ではいり込んだのである。迷っても、案内の人や出口はなんとか見つかった。そこはまあともかく、田舎だったからだろう。

どこをどう通ったのか、帰途、新宿駅に降り立った。それから急に方角がわからなくなった。高い所の掲示板が読めない。通る人に尋ねようにも、みんな忙しげで、もの問うのがためらわれる。ままよ、人が沢山流されている方にゆこう。押されて改札口まで辿りついた。切符を見せる。不意に声がかかった。

「お客さん、この切符でどこから来たんですか」

とっさに考えた。どこからって、水俣からというべきか、足尾からというべきか。人の列がとまったのにははらはらした。切符係は困った顔になった。わたしはもっと困った。足尾方面の小さな駅を乗り降りしたが、さて何という駅だったかしら。

「どこから。お客さん」

どう答えたものかわからない。

「あっちから」

指をあげてそう言った。切符に異変があったわけではなかったろう。足尾の印象にとらわて着地せず、ホームに浮遊していたのではないか。

切符係さんは近くにいた駅員さんを二人ほど呼び寄せた。困ったことになりよるとわたしは思った。三人は何事かをひそひそ話しあい、中の一人が片手を耳のあたりにあげた。そしてたしかにあの、くるくるぱあというしぐさをして三人ともかすかにうなずきあったのである。それの続きで早く行きなさいと手を振られ、わたしはきょとんとなって改札口を出た。

外に出たら、どういうわけだか、切符を握ったままだった。今でもこのへんの経緯がわからない。

いちばんの魔法

今は亡き橋本憲三先生につれられて、東京は世田谷区の「森の家」に行ったことがある。

列車が関門トンネルを通ったときは、感動した。かねがね地図でながめている日本列島は、ひょろ長い。しかし本州と九州の間はちぎれている。そのちぎれた海の底のトンネルを特急列車がくぐった。

おお、本州と九州は、海の底でつながっとる、とわしは思った。

熊本の御船あたりに生き残っていた恐竜たちが、まだ陸地であった朝鮮海峡などを行き来していた時代があった。関門海峡も瀬戸内海も陸地だったのだろうか。

橋本憲三という方は、歴史学者で詩人の高群逸枝さんをお助けしたことで有名なご夫君である。その先生に、九州と本州は海底の地つづきでしたというと、

「ほほう、それは大発見でしたね」と、ご冗談をいわれた。

のっしのっしと、恐竜たちが歩き回っていた大地は、今より豊かであったろう。どんな植物が繁茂して、恐竜たちを養っていたのだろうか。

人類はおくれて生まれたらしいが、あらゆる生物たちは、海と土とを父母にして生きてきたので、地母神という考え方は各民族の間に、ごく早くに発生したらしい。つまり今の人間より昔の人達の方が、大地をうやまい、あがめてきたのである。

考えてみるとひとくれの土に、籾の種を撒いて芽がでるという不思議が他にあるだろうか。草の種が地に落ちて、生えかわり、生えかわりして生物を養ってきた。人類史よりもさらに長い長いその歴史を思う。そこには植物の進化もあったことだろう。

動物との、鳥たちとの関係、人間との関係、葉っぱや茎や果実はどう変遷して、鳥やけものたちにとっておいしかったか。毒であったか薬であったか、衣

になったか。われわれの祖先たちはちゃんと考えわけてきて、今日の衣食住文化が定着して来た。

そんな大地の神秘的な力は今も太古のままである。どんなに科学が発達しても、モミ一粒、野の花一輪、科学的に作り出すことは出来ない。子供達に、百の教科書をあたえるより、わたしはまず、田畑に連れていって、土に対面させ、植物も動物もわたしたちも、この土がなかったら命はなかったのよと、教えてやりたい。

穀物の種や、花の種を持たせて土に播かせる。そして、これがいちばんの魔法ですよ、といってきかせる。見ていてごらんなさい、お祈りをしていると芽が出てくるのよ、といいながら水をかけさせる。

ほらね、原始時代、恐竜の時代よりもっと前から、土は神秘的に働き続けて、今も死なないで、全地球の生命を養っているのですよ。だからまだ少数民族の人々は、土地の力をあがめて、作物がゆたかにみのるようにお祈りをするでしょう。日本でもお宮と名がつくところではお祈りをするでしょうと、土を掌にすくわせ、小さな子たちと話したい。

学者女房に「有頂天」

ワニの雄までメス化しつつある時代になったが、そのことを含め、男と女の問題は昔から深遠にして広大、かつ、そこにもここにもあるふつうの事柄でもある。

そのことを真っ向から考えようとした人に、高群逸枝とその夫、橋本憲三夫妻がある。女性史研究者たちの渇仰する二人のあり方について生前お伺いした憲三氏のお言葉のうち、もっとも衝撃を受けたのは次のような表現であった。

「僕はね、ある時期から彼女の意識しない内心の声に気づいたんです。彼女を苦しめている家族制度、彼女は家庭をないがしろにしていたわけではありませんが、僕の方がそれに気づいて、協力したんです。つまりいわゆる家庭の爆破をですね、僕の方から仕かけたんです」

婚姻の形態が核分裂を起こしているかにみえる現代から考えても、一体的夫婦の理想像であった夫の側からいわれたこの言葉はまことに過激に思えた。じつに初々しい表情で、はにかみを含んだようなお声であった。

「これは大切なことですから、あなたもそこに意を用いて書いて下さいよ」ともいわれた。

「彼女とても、田舎の小さな家から出て、女性史を通観しようとしたのです。その資質の方向に僕は気づかされましてね」

日本の家庭を根底から爆破して、一番やわらかい基底の所から、古代的な力で、男と女はよみがえるべきだと、彼女は思っていたのだろうか。

「大方の家庭は崩壊の芽を胎んでいますが、彼女の仕事は、女性の資質にみのりをもたらすものでした」

もの柔らかい声音を懐かしく思い出す。その「家庭爆破」がいかに楽しく、心をこめて、詩と哲学の作業としてやられたことか。

「彼女が家の雑事をやるのが気の毒で、見ておれません。で、僕がすべてやった。祀りあげておいたのです。二人とない人でしたから」

初期の婦人運動も研究も憲三氏が立案し、それに従って逸枝さんがいそいそと体系をつくってゆく。

学問の仕事の積み上げ作業は一見しんどいように見えるが、彼女の本質は詩人であったので、日本の古典の読破はさぞ楽しかったろう。憲三氏は稀代の書誌学的知識の持ち主で、女房につきっきりの専属編集者となった。

お二人は一度水俣の姉妹のもとへ帰られたことがあったが、東京・世田谷の「森の家」に戻り着いた時、身を寄せ合って月を仰ぎ、

「われらが森の家」

と声に出して、学問の家をたたえた。

家庭爆破などと言えば恐ろしそうだが、詩人を妻にした男性が、世俗の偏見による苦悩も経て、意識革命をおこない、日本での女性史学の開拓という難事業に、ひたすら補佐役となってゆるがなかった。

男尊女卑の熊本で、「男がや、嫁御ば立ててや」という声を今でも聞く。しかも明治世代の二人であった。そのことについてお訪ねしたことがある。

「僕はねえ、彼女のもとで有頂天ですごしましたよ」

頬を染めながらそうおっしゃった。二人とも世間嫌いであった。十四年近くかかった『招婿婚の研究』は学会の定説となり、『恋愛論』などは宇宙的詩情をたたえている。

VI

湯の鶴温泉神社（水俣市湯出）

早苗田が匂う

七月にはいって早々から、もうすぐ秋がくる、と思うことにした。

これから夏だと思うとたまらない。意識の中から夏を消して、その先にある秋を引き寄せたいのである。一日過ぎれば秋が近づく、と思う。二日過ぎればさらに秋が近い。七月、八月、九月があることは胸にのみこみ、夏の先にある秋のことだけを考える。

熊本はやっぱり暑いですか、と東京の友人に聞かれる度に、「暑いですとも。それで秋という季節に綱をかけて、えいやえいやと引っぱっているのです」というと、友人たちはなるほどねえと感心してみせる。

「なるほど、そういう夏の過ごし方もあるのですか」

じっさいに避暑の効果があるわけではない。外に出て労働をするでもないのに髪の地膚から汗が背中に流れおちる。こう書くと何のことはない、暑さであっぷあっぷではないか。

夏を忘れたいと思っているうち、はっと気づけば、終戦の日がやってくる。五十六年目というと、なんと長生きしたものよと、ほとほと嫌気がさすが、この苦渋をはたして若い人たちに伝えられるだろうか。

日本人はあの日を境に命があったことに安堵しすぎて、何か、人間として生きるという要素を、ぐじゃぐじゃに潰されてしまったのではないだろうか。

天皇の放送があるから聞くように、と年とった警防団の男たちが村の道を走って行ったあと、かすかに土埃の立っている村は人なきごとくに静まり返り、ひとしきり蝉の声がしていた。まるで蝉だけがこの世に生きているようだった。

たぶんあの夏の日、生き残った日本人のほとんどは、虚脱状態だったろう。思考力のなくなった目にひまわりの大きな花がゆれていた。

警防団とは、若者や壮年の男たちがみんな兵隊にとられていなくなったので、消防団をかねて村を警固するというご老人たちの組織で、敵機が来れば「空襲、空襲」とメガホンで叫んでまわるのである。

最初の頃はそれも訓練であったが、わたしの居た芦北郡佐敷の教員養成所付近の田んぼにも、水俣にも、敵機が実際に現れて爆弾を落とし、その威力は凄まじいものだった。

植えたばかりの田には直径百メートルばかりの穴があいて、外側に残った早苗は、円形劇場のような外広がりの形に一本一本、きれいにざっくり切りとられていた。人が早苗のように立っていたら、みんな、腹から胸から首から、ざっくり切り飛ばされていたことだろう。植えたばかりの早苗は何千本だったか、何万本だったか。

「敵機の、なんのおとろしかか。わしゃ逃げんぞ。女子供ばまず、防空壕に入れろ」

そういっていた警防団の組長さんは、水の溜まった田んぼの大穴を見て以来、壕から出たからず、爆弾に刈り残された早苗の切り口が一週間ばかり、田の面に匂っていた。

醜い日本人

山の向こうから爆音が響いてくる。どこに逃げようかと一瞬思う。いやいや、Ｂ29ではないはず。もう戦争は終わった。そう思い直そうとするけれども恐怖感がのこる。爆音がするたびに、すわ空襲、と思うくせがなかなかとれなかった。

というのも、アメリカの飛行機が水俣の空を大きく旋回しながら急降下して、チッソ工場に爆弾を落としたのを見たからだ。

そのころわたしたちは、アメリカの飛行機が爆弾を落とすときは、両手の指で両眼と両耳をしっかり押さえ、口を開けて、地上にふせるようにと訓練されていた。しかし、爆弾が落ちるのを目の前にしたとき、とっさにその動作ができなかった。

轟音が先だった。煙が立ちのぼり、工場の方から大勢の工員たちが、血相を変えて駆けだしてきた。わたしは、たくさんの乗客といっしょに水俣駅にいて、その光景に遭遇したのだった。

駅前の国道の端っこは、畑地になっていて、段差があった。その段差に防空壕が掘ってあった。駅前にいた乗客たちがその防空壕に殺到した。わたしも人々の後ろから駆けだした。敵機の下の工場に近づくわけで、とっさの判断というものは、おぼつかないものである。

どの防空壕もいっぱいだった。入りそこなった人たちが、先に入った人たちの脚を引きずり出していた。先に入った人たちは、後ろから入ろうとする人たちを蹴りやっていた。

「くるな！　敵機から見ゆっぞ」

という怒鳴り声が聞こえる。

防空壕の前に、人の背丈もなさそうな小さな桜の木があった。防空壕に入りそびれた人たちが、その桜の木の下に、蝟集していた。桜の丈は低く、枝は少ない。寄らば大樹の陰というけれど、小さな木の陰にでも隠れたいという気持ちが、痛いほど分かった。

口々に「なんまんだぶ、なんまんだぶ」と唱えている。

誰かが叫んだ。

「黙れ！　敵機に聞こゆっぞ」

こういう場合になんまんだぶとはじつに意表外だったが、納得もできた。

初め日本の飛行機だと勘違いした。

「おお、おった、おった。日本にも飛行機はおったぞ」

みんなで数え始めたら二十七機あった。

それが次々に急降下して爆弾を落とす。着地音は、一瞬に地をはう爆風を伴ってくる。何発落ちたのだったろうか。工場内の防空壕が直撃されたと聞いた。多数の死者が出たそうだ。防空壕の中や桜の下にいた人たちの姿が、目に焼き付いて離れない。初めて戦場というものを想像した。何が聖戦だろうか。まざまざと見たのは、醜い日本人だった。

後から聞いた話だけれども、このときの爆撃で目の玉が飛び出した人がいたという。爆弾でやられるというのはどういう状況になるのか、考えるだけでも恐ろしい。

この子が大きくなったら、絶対戦場にだけはやらないと、赤ん坊をおんぶしながら、誓ったものである。その子ももう五十過ぎた小父さんである。

椎の子

四十年ぐらい前だったろうか、水俣市の深川というところで、明治十年の西南戦争の話を聞いたことがある。

村人の記憶にある薩摩方は刀に絣の筒袖。官軍は黒っぽいつばつき帽子に黒い軍服、剣付き鉄砲。村人たちは藪の中に隠れて、官軍が優勢であったのをまざまざと見て、世の中がひっくり返るという予感を持ったそうである。言葉も身なりも違う官軍を初めて見た人たちは、官軍のことを東京巡査といって、こんな話をしてくれた。

殿様というのは取り上げらすばっかりじゃった。たとえば、椎の子茸ば集めてこいというお触れがでる。今ならば椎茸栽培もあっちこっちにあるが、そのころは、あっちの腐れ木にいっちょ、こっちの腐れ木にいっちょ、一山探しても腕に抱える笊の半分にも満たん。それで皆困って考えた末、椎の実の芽立ちかけたのを拾い集めて、「椎の子でござす」といって恭しく役所に差し出した。役人たちはあきれて「馬鹿どんが」といったそうだが、「せっかくじゃ、植えておけ」ということになって植えさせたそうで、それがこの椎山でござす。

古老たちは、そういって目の前の立派な椎の木山を指さして見せ、「米を作って米が食えなかった者どもの知恵は、こがんしたふうに実ることもありますとなあ」と声を落として、いきなりわっはっはっと哄笑した。芽を出した椎の実を持っていったときは、首を切られるかと思っていたそうである。

薩摩方が負けるのを見て戦は終わり、道筋になった村々には賠償するというお触れが出た。ためしに山を願い出てみたら、あっさり一山が下げ渡された。どういうふうにその山を分けたものか大層困ったが、一軒につき大きな木を三本ずつ分けることにした。その三本をもとにして、燃やされてしまった村中の家を建てるのに三年半はかかったそうだ。

しかし、小さな木々も使わねばならず、大工も足りず、ゆがんどる家にしてくれという人もいた。きちんと建てたら、税金をとられるのではと心配したらしい。木の長さや太さ、小さな木々の本数などをめぐって、二代三代と苦情が残った。

西郷さんの戦は、世の中の変わる始まりだった。百姓は逃げまわっておれば戦にもとられずにすんだが、日清、日露とあって、この前の戦争では百姓の子どもたちも戦にとられるようになって、「戦死のお金」で親たちを養うようになった。

「生きとってくれた方が、よかったですばってんなあ」

ため息まじりに仏壇の前の遺影を指さしてそういわれたが、細い渓谷状の村をざっと眺めてみただけでも、戦の爪跡は村の歴史に隠されていて、春も秋もそのたたずまいは樹影の中に深々と美しい。

何の変哲もなさそうな椎の木山が、光を吸収してきらきらしていた。椎茸に見立てられた椎の実を、村人が集めたのが、このようになったとは、話を聞くまで全く知らなかった。

赤子の記憶

「子ども病院」のお医者さまから伺った話。

六カ月経った赤ちゃんの一斉検診のために母親たちに通知を出す。母子手帳とかバスタオルとか、保険証などを持参するように。若いお母さんたちが真剣な目つきで揃えて持ってくる。しかし肝心の赤ちゃんを忘れてくる。

「だって、赤ちゃんとは書いてなかったもの」

というのだそうだ。この次は赤ちゃんも連れて来るように書こうとおっしやりながら、笑ってはすまされないと考えこんでおられた。

赤ちゃんは常に背中なり胸なりにぴったりくっつけておこうという母親たちの、赤子への一体感がうすれてきたからだ。原因は、母乳を飲ませなくなったから。母と子は最初の人間関係だが、そういう赤ちゃんはたぶん情緒不安に育つだろう。将来社会に適応できるだろうか。

ものごころつき始めの頃、母親の胸から離されてばかりいる子は、共同保育で育てられようと孤独であるにちがいない。こうあるべき子育てというのは難しい。

この話をなさったお医者さんは男の方だが、見るからに子どもたちに好かれそうである。日本母乳の会の「母乳育児シンポジウム」が、仙台で開かれた。小児科や産婦人科の先生方、助産婦の方々、お母さん方も個人の資格で集まって体験を語り合われた。ユニセフの声がかりで創られた会だそうだ。

子どもに限らず、大人たちがまずおかしくなって来たこの国で、生命の鮮烈な現場にいる人々が集まっておられるこの会に私も参加させて頂いた。お聞かせ願いたいことが痛切にあったが、何しろ最悪の体調で時間がとれず残念だった。

集まられた方々の、「何はともあれ赤ちゃんは母乳で育てたい。お乳を含ませている母子像こそは愛の姿で平和の原点である」という趣旨には深く共感した。

お乳の出ない乳房の治療を行っている若い助産婦さんもいて、その初々しい姿に希望を感じ、技能も人格もすぐれた婦人たちに頭が下がった。日夜、全身で赤ちゃんたちの魂と躰にふれ、母体を気づかっておられる方々である。

表情のない笑わない赤ちゃんが増え、赤ちゃんを抱けない母親が多いそうだ。こわい気がする。

戦後すぐから何でもアメリカ流がよいとされ、母乳があっても哺乳びんの人口乳をゴムの乳首で吸わせるようになった。お母さんの胸と赤子の胸は離れたまんま、小さな掌は、おっぱいにさわれない。赤んぼの掌もその魂も何かを探してさまよっている。

これから先、ひとり立ちしてゆく遠い旅。その道しるべはもちろん母親にも赤んぼにもわからない。しかしこの時期、赤んぼにしてやれるただ一つのことがある。祈りと共に思わず抱く無限抱擁である。大人になった赤子はそのことを記憶しない。

けれども私どもの中に、人さまに対して幾分かの優しさがあるとすれば、この時期の赤子の魂がよみがえっていて、人の心の連環と慈光を求めているのではなかろうか。

もみじの掌で拝む

友人に連れられて、人吉市にある曹洞宗永国寺の、通称、〝幽霊祭り〟にお参りしたことがある。

初代だか二代目だかの住職さまが、裏の池に現れた女の怨霊を描きとめた絵図が残っているので近隣に知られ、年に一度、お盆の前後に披露してお供養をなさる。これを〝幽霊祭り〟という。

夏になると地元の新聞などに絵図が紹介されるが、真っ暗闇で一人向き合うと恐ろしそうである。その幽霊さんの祭りとはいかなるものか。

明るいうちに由来を伺い、蓮の葉におおわれた裏の池をみせてもらった。客僧などを泊めるという座敷にそれは面していた。夜半になると夜具を抱えて客僧さんが住職さまの部屋に寝せてくれと逃げていらっしゃるそうである。

「家内なんかは嫁に来て以来、夜は池の隣の部屋にはゆきません」

洒脱そうなご住職はそう言って笑われた。

幽霊は木上村にいた侍の囲い者で、正妻から生きておれぬほどな仕うちをされたと訴え、正妻の方でも、どうすれば出て来なくなるか助けてくれと、怯えきっていたそうだ。

幽霊は聞こえた美女であったから、和尚さまは絵姿に残してやろうと言い含め、夜な夜な出てくるのを写し取って見せた。おぞましい己の姿を見て、幽霊はそれきり出て来なくなった。

伝聞を聞けば哀れである。夕闇が降りる頃からお祭りが始まり、絵図の前の祭壇には大きな香台が置かれていた。お参りする人々の顔がじつに真摯で、善男善女とはああいう顔をいうに違いない。

高校生くらいの少女たちが四、五人、池をのぞきに祭壇脇の墓地への道へはいり、池にゆきつかぬうち、一人がぎゃあっと悲鳴をあげた。皆でわぁっといいながらかけ戻って、急いで幽霊さんの絵図に手を合わせたのがおかしかった。絵図より怖いものが池のあたりにいるらしい。

誰がどういう気持で拝んでいるのか、線香の煙がもうもうと立ちこめている中を見ていると、圧倒的に子供のグループが多かった。二つ三つくらいの子はたいてい若いお父さんが抱っこ、あるいはおんぶして、お母さんはひっそり寄りそっている。いざという時はお父さんが頼りなのだろう。

男の子だけの連れは固まって絵図の前に進み、これがなんともひしひしとした眸で幽霊さんを見つめ、半ばへっぴり腰ながら、きちんと掌を合わせるのである。家の人はどういう話をして送り出したのだろうか。

灯籠の奥の祭壇をとり囲んでいるのは、畏れと慎みの雰囲気で、ズボンや上着のポケットをしきりに探し、賽銭の貸し借りをする坊主頭の中学生たちもいた。

「おつりば貰わんか」と友人にいわれ、考えてのち頭をふって、五百円玉をちゃりんと投げたのもいた。ひそめた声といい、香煙のひろがる下にあるのは、日常ならざる世界への畏敬に満ちた気分であった。

父親の胸や背中から、ほんとうに、もみじの掌をした幼児らが幽霊を凝視し、合掌し頭を下げるのだが、その可愛らしいことといったらなかった。

家で稽古させられて来たのだろうが、寺にきて無明の彼方を拝むという仕草を、ここらあたりの子どもたちは身につけているのだった。

紅葉を想う

比叡山延暦寺に登って紅葉を見てきた。散りはじめた葉っぱの、息をのむほどな紅の色。

眼下に琵琶湖があった。昔よりは濁っているそうだ。不知火海くらいの大きさで、わたしたちの目にしたのは細長い全容のほんの一部、南湖というのだそうだ。

案内をして下さった女性がしきりに、「山にへだてられて見えませんが、あの先は北湖といいますねん。南湖は濁りがとれませんけど、北湖はもっと深くて、澄んでおりますんやけど」

見せられないのがいかにも残念、という口調でその方はおっしゃった。麓の大津市で、「国際湖沼会議」というのがあって、それに参加するための比叡山詣でだった。ものの本ではちらちら読んでいたが、日本の宗教が教学の形をとって体系づけられてきた山だという感慨を抱いて、千年以上もその灯りを絶やさなかったという古い巨大なご本堂をまわったりした。お詣りの群の中には幼女もいて、ひざまづきながら小さな手で合掌していた。

琵琶湖は一時、赤潮が発生して大騒ぎになったそうである。京都や周辺地域に飲み水をはじめ生活用水のすべてを送る湖で、命の水だからである。まず主婦たちが危機感につき動かされて、合成洗剤を使わない運動をはじめた。行政に訴えかけて条例を作らせ、七〇%ぐらいまで、各家庭が人にも魚にもやさしい無添加の石鹸を使うようになったという。

わが九州の不知火海や有明海でも連年赤潮が発生している。アサリやタイラギ貝の絶滅、ノリの不作。漁師さんたちに聞いてみると、ほかの魚も年々激減しているそうだ。魚屋さんをのぞいてたずねてみれば、フィリピン産のエビだの、アラスカの鮭がきていて、近海物は少なくなるばかりという。

高度成長期ごろから生活の利便性ばかり求めてきたつけが湖や海に流れこみ、沈殿し、さまざまに毒化する環境ホルモンが魚を通して、いや水そのものから人体に蓄積される事態となった。

最近もっともショッキングだったのは、東京の出版社の若い編集者が、ペットボトル入りの「名水」持参で来宅したことだった。いかにも知的で繊細な感じのその青年は頭をかきながらいったものだ。

「いやあ、まさか東京の水が飲めなくなるなんて、予測もいたしませんでした。お茶も、コーヒーも、社内全部、この水です」

三十年くらい前、「そのうちみんな毒地獄」とわたしは書いて、ひんしゅくを買ってしまったが、ある種の環境ホルモンは母親の胎盤を通って胎児を侵し、母乳にもいくのである。乳呑み児たちのゆく末が思われるけれども、みな人間自身が招き寄せた結果である。私たちが意識もしないこのエゴイズム。

大津市の婦人たちが行政に作らせた「エコライフ推進課」に目をみはり、希望がもてた。

くたくたの名品

三十年ぐらい前、兵隊さんの背嚢《はいのう》のごたる、といわれる大きなかばんをいつも肩にかけていた。背嚢といっても今の人は知るまいが、兵隊さんが背にしていた四角い大きな、いかついリュックサックと思ってもらえばよい。

何を入れていたかといえば、読者の方からいただく手紙をぎっしりつめていたのである。なかなかお返事を書けないので、電車やバスに乗ったときに書くつもりで、持ち歩いていたのだった。それでもお返事は書ききれない。せめてつかの間でも背中に背負っていなければ、申しわけがたたないと思っていた。

今は持ち歩こうにも体力がない。茶褐色で、頑丈なショルダーバッグであった。かばんより先に持ち主の方がくたびれて、友人に譲った。

NHKに勤めていた男の友人のかばんは、よくもここまで継ぎをあてられたものだと唸るほど、みごとに古びたかばんで、かなり遠くからでも、かばんが「俺は松岡洋之助だぞ」といっているような名品であった。

あれは奥様が、パッチワークを施されたものであったのか、それとも洋之助さんが手ずからはりつけたものなのか。少なくとも十カ所以上、地の色とは違う布だか革だか、くたびれ方も、これぞ世界にただ一つという見かけの物だった。

「よっぽど大切にお使いになっていらっしゃいますねえ」とおたずねしたことがあった。すると、

「この古びていくというのがねえ、えもいわれんですよ」というお答え。

仲間が集まる酒席で女性論をなさるのがお好きで、女性の美点についてあけすけな話をよくなさっていたけれども、話がきわまると、胸のポケットから

奥様の写真を出して見せられるのが常で、ひと回りみなが見た後、その写真をかばんの中にしまおうか、胸のポケットにしまおうかと、その手が迷われる。しぐさが大層初々しかった。かばんの中だと、お写真がしわにならないかとひそかに心配し、胸にしまわれるとほっとしたものである。

かばんには、何が入っていたのだろうか。ディレクターだったから、放送用の台本などが入っていたに違いないけれども、この方は水俣病の支援者たちがデモをするとき、デモの指揮者だった。

とんでもない胴間声で、「患者たちの、怨みをはらすぞう」とこの人が号令をかけて、こぶしを振り上げると、肩にかけている継ぎはぎのかばんが影身にそうがごとくに、くたくたと音をたてるのである。

デモ隊のシュプレヒコールというものは、何とも無粋なものだけど、通称この「まっつぁん」の声とかばんのお陰で、悲痛なものを含んだ水俣のデモ隊が、何ともユーモラスに感じられてならなかった。今は東京にいるこの方のあのかばんは、どこにどうなっていることだろう。

国宝のような美的価値を持つ物もあるけれども、「まっつぁん」のかばんほど、持ち主の人格を反映して生きていた物を、ほかに知らない。

残りの夢

忘れもしないが昭和三十八年、息子が中学生の頃の大晦日の晩からだった。雪になって、元日には二十センチぐらいも積んだだろうか。それから一カ月というもの、毎日降って、最初のうちは息子とはしゃいでいたけれども、不安になってきた。

燃料といえば薪だけで、ほかには暖房器具は全然なかった。どこの軒下にも薪が積んであったし、農家には囲炉裏が切ってあった。

そのころまではあちこち藁屋も残っていて、遠くから見れば藁屋根全体から蒸気が上るように煙が出ていた。

室内には煙が立ちこめて、お客があるとそれがどっと外に出る。家の者が「すみません。煙うあんなさるでしょう」という。するとお客は、「いいえ、温うございます。煙もごちそうでございます」とおっしゃったものである。

今日など石油ストーブを二つも置いて、カーペットには電気を入れている。清潔に暖かくなってありがたいけれども、電力や、石油を使い、目に見えない環境汚染や地球温暖化に加担しているわけである。

南極の大陸棚の氷が年々加速度的にとけているそうだ。夏になったら一挙に酷暑になるのではないか。

かの大雪の時、生活の備えなど何一つなかった。一週間に一度ぐらい、水俣川の河口から海岸にかけて歩いていくと、薪になる「寄り木」がたくさんあった。それを束ねて持って帰るのである。河口の村の地形は、背後に国有林を背負っていたので、その下枝払いを村ですることがあった。下枝をおろした分はただでもらえ、風呂を沸かすことを含めて一家の燃料を十分にまかなえた。

所帯を持ったとき、囲炉裏を作れるような家ではなかったので、「やぐらごたつ」というものを使っていた。木組みの格子の立方体をやぐらといっていた。やぐらの中にふたの付いた黒っぽい陶器の火鉢を入れる。火鉢の中には灰が入れてあり、炭火の熾を埋めて、灰をかぶせ、ふたをかぶせる。火が消えないように上部の方には小さな穴がいくつもあけてあった。その上に布団をのせ、皆で膝から下を入れて暖まる。猫もいっしょである。

そのこたつに入って雪の日に考えていたことは、氷河期の始まりが来つつあるのではないかという不安だった。今のように近くにスーパーがあるではなし、雪道は閉ざされているし、お店にも行けない。野菜は二キロぐらい離れた畑に行かなければならないが、そこへも行けない。干し野菜で何とかしのいだ。

日々の生活が非常に切迫して、一カ月の間だったけれども、薪が無くなっていくのが不安だった。氷河期がくると思ったあの予感は、自分が文明生活の享受者だという罪悪感のようなものだった。今も人並みに文明生活をしているわけだが、畳の上に古布団を置いて、やぐらごたつに帰ろうかと思ってみる。

しかし、寒気を防ぐにはもう体力が無い。ふくら雀のように厚い綿入れ半天を着て、こたつにかじりついて、残りの夢でも書くつもりだろうか。

生き方のけいこ

今私は、心臓その他が変調をきたし、手足も少し不自由で、日々、生き方のけいこをしている気分である。今までも頑健というわけではなかったけれども、ペンをとるとか、靴下をはくとか、タオルをしぼるとか、なんでもないことがむずかしくなって、不自由を感じる。

生きるということは人生にテーマを持つことだと、今まで思ってきたけれども、日々の暮らしの一歩一歩をなんとかやりおおせることが、いかに大切であることか。

昔からいわれていたことざわがあった。「這えば立て、立てば歩めの親心」とは人が育ってゆくことへの至言で、どういう大人でも、赤ん坊の時代があった。例外もあろうが、たいていの赤子は這い這いの段階から、周りの大人たちに見守られて、今日は笑った、今日は立った、今日は歩いた、と喜ばれて育ったと思う。大人になってから抱えるであろう人間苦もさまざまあるけれども、私たちは幼児時代の浄福を、なんらかの形で体験として持っている。

しげしげと会うわけではないが、私は水俣の胎児性の患者さんと面識がある。すでにこの世を去った人もいるが、加賀田清子さん、鬼塚勇治君、金子雄二君、半永一光君などは健気に、ともかく一生懸命生きて、今年四十七歳前後になり、それぞれ深い才能を隠し持って、水俣市湯の児の明水園で手厚い看護を受けている。

小さいときは、不自由な変形した両の手でもなんとか床を這って、便器に昇ることができた子も、骨格が大きくなった現在では、一度床に両手を着いたが最後、人様の介助なしには自分の身を起こすこともできないことが多い。

そんな姿を思うたびに、これは人間の罪でなくてなんだろうと思わずにはいられない。床にへばりついていた両の手は、なにを推し量っているのだろうか。人間全体への問いが、彼らの手の中に詰まっているのではないだろうか。あるいは大地からくる生命への呼びかけに、必死で応えようとしているのだろうか。

一個の人間の全生涯をかけて、呼応しあっているかとも思う。

私たちにはなにもできない。ただひたすら、人はどうあるべきかという問いに、胸うたれて立ちすくむばかりだけれども、この中の一人、鬼塚勇治さんに私は昨年、字を書いてもらった。自作の新作能「不知火」の題字を墨書してもらった。彼は半日間もかかってけいこをして、見事な迫力ある字を書いてくれた。

かねがね看護婦さんに頼んで日記を書いている由で、不知火を書いた時の気持ちを人に問われて、「記録に残さんばんて思った」と言ったそうである。小さな時から首がすわらず、その美貌が痛ましい。本当の意味で聖なる人ではあるまいかとおもう。いわゆる健常者は、こういう人に一日一日学んでいかなければならないだろう。

七十を過ぎて、私の生涯もひと回りした感じがする。残りの生命があるとすれば、それは始まりの日々であろう。

太古の内海——あとがきにかえて

そこは丘の上の畑だった。母親がかたわらで畑仕事をしていた。わたしは多分、背負いもっことというものに寝せられていたと思う。青い空を渡っていく雲を眺めながら、わたしはどうやってこの世にきたのだろうと、しきりに考えていた。

わたしはわたしでなくて、友だちのすみちゃんやせっちゃんかもしれず、今はわたしと入れ替わっているのかもしれない。そういう考えがお日様の光の波のように、わたしを包んでいた。

もし、わたしがすみちゃんであったならば、そのすみちゃんは、わたしのことをどう考えているのかしら。ほとんど赤ん坊に近い頭に、そういう想念がゆっくりとめぐって、悩ましかった。

目の端に赤く熟れた唐辛子が幾房も光っていた。ひょっとすると秋だったのかもしれない。

人はどこからきたのかという想念に突き動かされて、ものを書いてきた。テレビ番組などで「最初のイヴ」の話が出てくるが、話してみて通じるぐらいの、たとえば縄文あたりのおばあさんと話をしてみたい。

「おばあさんは、どんな風に育ったの」

どういう答えが返ってくるだろうか。おばあさんはこんな小高い丘の上にいて、やっぱり目の前に不知火海があって、渚に降りて貝を拾ったり、小魚を捕ったり、つまりわたしの幼いころに親しんでいたおばあさんたちを、イメージしてしまう。

こんなわたしでも最近少しは勉強をして、中国で生まれた漢字の歴史とか、東アジア文化圏の詩的な展開を、民族の知性として考えてみたりする。けれども、わたしはどうやら無文字世界の系譜に連なる人々の暮らし方や心性に大層興味がある。

身のまわりを考えると、活字がなくては一日も生きておれぬ知識層と、民間信仰をよりどころとしている人々に分かれる。わたしの母郷は後者の世界を通って行かなければ、たどりつけない気がする。

過去の作品の中でしばしば登場させてきたけれども、水俣ではもだえ神という言い方がある。人様の災難や苦しみに共感して、自分も苦しむ資質を、もだえ神という。どこかの一家が災難にあうと集まってきて、本当に身もだえしながら嘆き悲しみ、慰めてくれたものだった。

家々の行く手には難関が待っているのだが、風土というものは草木や畑のものを育むように、人間をも育んでくれる。その層の内海に九州の場合は有明や不知火がある。

難しくなってきた現代生活と太古の内海をつないで、わたしたちの時間がゆったりとある。六年もの間、この時間の波にゆられて連載をさせていただいた。

朝日新聞西部版の企画であった。担当の記者福島建治さんにたいそうお手間をかけた。この方がおられなければ連載そのものが成り立たなかったろう。途中で手足が不自由になってペンが握れなくなり、やめますと申し出たこと幾度か。「僕が通って来て書きとります。口でおっしゃって下さい」といわれて後半は口述筆記となった。

この後記は自筆であるが、文字も文章もたどたどしい気がする。今日から八月。昨日は朝から大雷鳴とともに大降りとなった。来る人来る人、「暑さ暑さ、地球がおかしくなりよりますよ」とおっしゃる。

読者の方々につつしんでお礼を申しあげ、衰えかけている太古の海の力を、なんとか呼び戻せないかと願っている。

石牟礼道子

白浜の家

奥田直美

水俣の石牟礼道子さん旧宅に住みはじめて十か月、昨年（二〇二三年）の初夏に越してきて、こうやって書く今はもうすぐ桜の季節だから、季節が一巡しようとしている。毎朝起きるたびに庭の草の丈が伸び、思いがけぬところに出没する虫に驚き、湿度が高く紙という紙はしっとりとして、そんな水俣の夏への体の慣れなさは、妊娠中の二〇一〇年の夏を思い出させた。十一月に生まれるもう一人を体内に抱え、むくみもひどくて、まるで着ぐるみの中に入り込んだような。夏がじっとりまとわりついて、自分の体ではないようだった。

多くの助けを得て、引っ越してくる前に家を片付けていただいていたが、自分たちの生活も考えれば、さらにこまごまとした整理が必要になる。道子さんの生活の跡と思えばそれもなかなか進まず、処分に迷うものは段ボールに詰めてゆくことで、夏が終わるころにはなんとか、片付いた、ということにした。

旧宅は、石牟礼道子さん、お連れ合いの弘さんの自宅として、一九八六年に建てられた。丁寧につくられていると大工さんの言われるお家はどっしりした造りの平屋。熊本市の仕事場と行き来しながら、水俣でお仕事をされる際に使われていた書斎がこのお家にあり、ここがわたしたち古本屋カライモブックスの新しい店舗となる。夫とわたしは、二〇〇九年から京都でカライモブックスを営んできたが、こちらへ移転するために越してきた。旧宅に大きな改修は必要なかったけれど、弘さんの丹精されたお庭の一部を駐車場にさせてもらうなどの工事を経て、越して半年たった十一月、ようやくオープンしたのだった。ここはもともと〝千鳥洲〟と呼ばれ、あるいは道子さんがしばしば書かれる〝猿郷〟でもあり、現在の住所でいえば〝白浜〟だ。水俣川河口にあり、かかる橋から不知火海を望めば、天草の島々が見える。

オープンして四か月、石牟礼文学ファンの方が遠方から来てくださる一方で、毎日来てくださるご近所の方もあって、このあたりの、今はもうない昔の姿を教えてくださる。たとえば今は家の建て込む山裾も、昔は椿が群生していたこと。そこにくるメジロをトリモチでとったこと――きれいに鳴くものは高い値がついたという。合成洗剤が使われる以前は川にエビがいて、それを捕って食べたこと。道子さんの書かれることもあれば、当然書かれないこともあり、また道子さんの言葉とは印象の違うこともある。道子さんの世界は道子さんのもので、それぞれの人に、それぞれの語り口があり、それぞれの世界があるという当たり前のことを教えてもらう。

「あの村や町内の雰囲気はどこかに消えた。子どもたちのために、おこげをつくってくれた婆さまも女房たちも、みんなみんな、無常の日の仏さまになってしまい、向こうへ往ってしまった」

そのように道子さんの書かれるさらにその後を自分の目で見るしかないわたしは、頼りなく追いかける。火葬場のあとを、井川のおもかげを、八幡さまの鳥居を。狛犬に刻まれた祖父・松太郎さんの名前のように、この目に確かめられるものもあれば、もう今は形を残さない、わからないものもまたあるけれど、たとえ形の残るものであっても、それらを私の手にすくいとれることはない。

なぜなら、道子さんが描かれたのは、失われゆく、あるいはすでに失われてしまった世界を写しとったものではなく、道子さん自身の世界だからだ。だからたとえここにいても、道子さんは遠い。ここに住まうことの近さゆえに、そのはるけさは、よりもどかしく、そして少しむなしい。永遠に追いつけないものだから。だけどほんとうは、やっぱりそんなことははじめから、石牟礼文学に出会ったはじめから、わかっていたことだ。道子さんの背中越しにそっと世界を覗き込むことで、その形に光を当ててもらったように感じたとしても、わたしはわたしで世界を歩いていかねばならない。自分の言葉を生きてゆかねばならない。ここに住んでの十か月は、そんなふうに遠さと近さを行ったり来たりする、身の置きどころのない時間だったような気がする。

一方でここの自然には、時間とともに少しずつ心身がなじんできた。盆地の京都から来た身には、いつも吹いているように感じられる風。その風に吹かれて木がざわめき、ときに山が鳴る。とんびが鳴いて、ぐーるぐーる輪を描いている。空地に猫が寝ころび、通りを歩いている。先日、開けたままになっていた玄関の戸からぶちの猫が入ってきて、驚いてこらっと声をあげたら、ほんの少しだけ速足になって、また玄関から出ていった。

そういえば、昨夏この家の片づけをしているとき、縁の下にひからびた猫の骸を見つけた。ここを〝猫嶽〟と定めた猫もあったのだろうかと思えば、ひょんな回り道で道子さんの世界とつながったようで、不思議と恐ろしくはなかった。

水俣大橋まで、あと五分

奥田順平

昨年（二〇二三年）の春がおわったばかりの頃だった。ひと目で、川の続きは海だとわかる河口の村に転居した。暮らすこの家は水俣川の河口の近くに建つ石牟礼道子さんと石牟礼弘さんの旧宅だ。おふたりが亡くなったあと、親族のかたがこの家を守ってくださっていた。いま、家族三人でこの家に暮らしながら、カライモブックスという名の古本屋を開店している。なにより夢中になっているのは、水俣川河口だ。満ちていこうとしているのか、引いていこうとしているのか。河口の先には不知火海がみえる。不知火海の先には天草島がみえる。毎日、歩く。この家からゆっくりと歩いて五分ほど、河口に架かる水俣大橋に着く。

二日続いての雨がやんだ。今日は定休日。濡れ縁にすわっている。小さい机にノートパソコンを置いて、今、この文章を書いている。庭をみている。弘さんが大切に世話をされていた庭。薄紅色の馬酔木の花はこぼれ、カライモ色の新芽が伸びてきた。もてなしてくれているような緑色をしているツワブキの葉のくぼみに馬酔木の花がいくつか寝ころんでいる。愛らしい。道子さんは赤い実が好きだったと聞く。南天、千両、万両、モチの木の実は赤い。雨の降る日はいっそう赤い。モチの木は、庭に七十代以上のひとが複数いると、いつも話のタネになる。トリモチだ。こどもんころようメジロをとったなあ、という話。みんな、ほんとうに楽しそうに語る。椿と山茶花の木もたくさんいる。ヤマモモの木もいる。ファンだからついつい声に出してしまう。「みっちん、やまももの実ば貰うときゃ、必ず山の神さんにことわって貰おうぞ」と。昨年、実ったヤマモモの実はジャムにした。今年も実るのを待っている。山の神さん、よろしくお願いいたします。春。光。イヌビワの新芽は光へ光へと手を開けるだけ開いているように伸びている。ヤツデの実は日に日に紫色に熟していく。日に日にメジロが熟した実を食べにくる。雨の日も食べにくる。傘を差しにいこうとしたら、飛んでいってしまった。ノシランの実は深い深い藍色になった。今日も見惚れる。数日前からドウダンツツジの花が咲きはじめた。咲きたてはアオガエルの背中のような緑色だったけどだんだんアオガエルのおなかのような白色になっていく。新しいスニーカーのような香りがする。さあ、歩こう。

馬酔木の花（石牟礼道子・弘旧宅の庭、水俣市白浜町）

歩いている。水俣で開店してから、はじめて会うひとたちにいろいろ聞かれることが多くて、いろいろ話している。話したら話したぶんだけ、話したことが遠くなっていく。歩いている。水俣に暮らしたからって、石牟礼道子さんの家に暮らしたからって、水俣の遠いところも近いところもすみわたるようにみえるわけではない。「水俣に来たら、水俣のことがもっとわからなくなった」とは、よく語られる言葉のひとつだ。そんなことはない。そんなことはない。じゃあ、なぜ語られるのだということだ。遠慮してということもあるだろうが、楽なのだ。わからなくてよいのだから。そして、その言葉をすんなりと受け入れてしまう、水俣の苦しみは水俣で生まれ育ったものしかわからないという町の気配がある。それはその通りだ、だけどもだ、ということだ。歩いている。歩いている。水俣大橋だ。河口の先には不知火海がみえる。道子さんもみていただろう。不知火海の先には天草島がみえる。道子さんもみていただろう。河口の北側には避病院があった、ここに最初期の水俣病患者がいた。みえない。みえるのは老人福祉センターだ。河口の南側には大廻《うまわ》りの塘《とも》があった。みえない。みえるのはチッソの八幡残渣プール、産業廃棄物最終処分場。道子さんの幼いころの切実な遊び場所だった大廻りの塘は水銀を含む大量の有害物質に埋まっている。百間排水口からだけではなく、ここ水俣川河口にもチッソは水銀を流していた。みえない。くやしい。みたい。道子さんはもっともっとくやしいだろう。家から歩いて五分ほどでみえる、この風景。なんでだ。なんで変わったのだ。なんで変えることをとめられなかったのだ。みたい。毎日、歩いてこの橋に来ている。満ちていっているのだろうか、引いていっているのだろうか。よくみないとわからない。よくみる。よくみたとしてもわからないことはある。みえなくてもわかることはある。苦しんでよたつきながら歩いている猫(猫踊り、とは言いたくない、書きたくない)はみえない。猫はチッソの、チッソを信じることにした人間の代わりに水俣病を病んでいたのだ。踊っていたわけではない。ごめんなさい。ほんとうにごめんなさい。みえない。こどもの頃かあちゃんと水俣川の河口でよたつきながら歩いている猫をみたことがある、と道生さん(道子さんのこども)が言っていた。たしかに、ここにいた。いまはみえないだけだ。おなかを上にして浮かんでいる魚はみえない。水俣病でなにより苦しいめにあったのは、不知火海に水俣川に暮らす生き物だ。そして、不知火海に水俣川に暮らす生き物を食べて暮らす鳥や猫や犬だ。人間ではないものからみたら、チッソの社長も水俣市長も熊本県知事も自民党の議員も道子さんもわたしもあなたも、みんなおなじ人間、みんなおなじ虐殺者である。よくみればよい。わたしたちはよく似ている。そして、自分は虐殺者ではないと思っている。あああ、今日も、水俣川に、不知火海に、大手三社などの命を破壊する合成洗剤と柔軟剤が洗濯機という排水口から流れている。わかっているはずだ、ほんとうはわかっているはずだ。その合成洗剤やその柔軟剤は、湖に川に海に流れていく。湖に川に海には、人間じゃないたくさんの命が生きている。水俣病はチッソだけが水俣川に不知火海に毒を流していた。今日、洗濯機から台所から毒を流しているのはだれだろう。チッソ自身はＪＮＣと名を変えてすっかり敗亡しているが、もう、いたるところにチッソはいる。つらい。なぜだ。みえない。歩いている。歩きながら、みている、きいている、かいでいる、かんがえている。確実にほんのすこしづつだけど昨日よりわかっている。勇気をだしてわたしは言い切る。今日も水俣大橋へと歩いている。「きょうは、橋の上は風のつよかよお」と、たまにすれちがうばあさまに声をかけられる。橋の上に行くことがばれている。うれしい。ばあさまにはわたしのことがみえている。わたしにもばあさまのことがみえている。たんにすれちがってはいないのだ。橋の上、天草島から強い風が吹いている。風はみえない。だけど、風がないというひとはいない。みえないのにあるのだ。みえないのに、みんな、あると信じているのだ。明日も歩く。

本書は平成十一年五月二日より同十七年三月二十日まで、五十七回にわたり、「ちょっと深呼吸」のタイトルで朝日新聞（西部版）に連載されたリレーエッセイを再構成、加筆したものです。

また、「白浜の家」「水俣大橋まで、あと五分」の二編は、新装版のために寄稿していただいたものです。

〔著者略歴〕

石牟礼道子（いしむれ・みちこ）

一九二七年、熊本県天草郡（現天草市）生まれ。

一九六九年、『苦海浄土――わが水俣病』（講談社）の刊行により注目される。

一九七三年、季刊誌「暗河」を渡辺京二、松浦豊敏らと創刊。マグサイサイ賞受賞。

一九九三年、『十六夜橋』（径書房）で紫式部賞受賞。

一九九六年、第一回水俣・東京展で、緒方正人が回航した打瀬船日月丸を舞台とした「出魂儀」が感動を呼んだ。

二〇〇一年、朝日賞受賞。

二〇〇三年、『はにかみの国　石牟礼道子全詩集』（石風社）で芸術選奨文部科学大臣賞受賞。

二〇一四年、『石牟礼道子全集』全十七巻・別巻一（藤原書店）が完結。

二〇一八年二月、死去。

［新装版］花いちもんめ

二〇〇五年一一月一〇日初版発行
二〇二四年 五 月三一日新装版発行

著　者　石牟礼道子

発行者　小野静男

発行所　株式会社　弦書房
（〒810・0041）
福岡市中央区大名二―二―四三
ELK大名ビル三〇一
電　話　〇九二・七二六・九八八五
FAX　〇九二・七二六・九八八六

印刷・製本　シナノ書籍印刷株式会社

落丁・乱丁の本はお取り替えします。

ISBN 978-4-86329-285-7　C0095

◆弦書房の本

石牟礼道子全歌集 海と空のあいだに

解説・前山光則 〈水底の墓に刻める線描きの蓮や一輪残夢童女よ〉など一九四三～二〇一五年に詠まれた未発表短歌を含む六七〇余首を集成。「その全容がこれほどまでに豊饒かつ絢爛であることに驚く」（齋藤愼爾評）◆石牟礼文学の出発点。

〈A5判・330頁〉2600円

石牟礼道子〈句・画〉集 色のない虹

解説・岩岡中正 預言者・石牟礼道子が、最晩年の2年間に遺したことば、その中に凝縮された想いが光る。自らの俳句に込めた想いを語った自句自解、句作とほぼ同じときに描いた15点の絵（水彩画と鉛筆画）、未発表を含む52句を収録。

〈四六判・176頁〉1900円

ここすぎて 水の径

石牟礼道子 著者が66歳（一九九三年）から74歳（二〇〇一年）の円熟期に書かれた長期連載エッセイをまとめた一冊。後に『苦海浄土』『天湖』『アニマの鳥』など数々の名作を生んだ著者の思想と行動の源流へと誘う珠玉のエッセイ47篇。

〈四六判・320頁〉2400円

《新装版》ヤポネシアの海辺から

島尾ミホ＋石牟礼道子 ユニークな作品を生み出す海辺育ちの二人が、消えてしまった島や海浜の習俗の豊かさ、南島歌謡の息づく島々と海辺の世界を縦横に語りあい、島尾敏雄の代表作『死の棘』の創作の秘密をも明かす。

〈四六判・220頁〉2000円

もうひとつのこの世 石牟礼道子の宇宙 I

渡辺京二 〈石牟礼文学〉の特異な独創性が渡辺京二によって発見されて半世紀。互いに触発される日々の中から生まれた〈石牟礼道子論〉を集成。石牟礼文学の豊かさときわだつ特異性を著者独自の視点から明快に解きあかす。

〈四六判・232頁〉2200円

＊表示価格は税別